邱妙津日記 1991 - 1995

PAGE

DATE

目次

THEATRE DU MOUVEMENT

Création

LIMITE ATTEINTE

mise en scène de Claude BOKHOBZA

suivie de MUTATIS MUTANDIS

mise en scène de Claire HEGGEN et Yves MARC

26, 27, 28, 29 janvier 1994 à 21 h
30 janvier et 6 février à 16 h 30

Centre culturel Jean-Houdremont - 11 av. du Général-Leclerc - La Courneuve

Rer : ligne B, arrêt Aubervilliers-La Courneuve ;

Ratp : 150 Porte de la Villette, arrêt Michelet ; 302 Porte de la Chapelle, arrêt Genève

Billet à tarif réduit : 50F - Réservation obligatoire au 49.92.61.61. Cette contremarque vous permettra de retirer vos billets numérotés sur place le jour du spectacle

又停止的門，帶著「恩」又把它填下來埋在土裡。書寫這裡要到把「恩」出來組系人已倒好人動的歪小家後「急」隨筆解解已經心的心的我把有唯我心我。路之排它是空自己歪又主体整在

Mirror 鏡子 ： 向塔柯夫斯基致敬

Mirroir

是此書人
是此書人

分離後始展開無涯無境的依附

而愛暴死煉黑靈魂才返回真實的愛戀記憶

在夢中等待一次又一次幼時母親推門而入的鈴声

沒母親臉的

長長長長空的愛的欠缺

無人鞦韆搖盪，腳步声穿過陰暗迴廊，鏡子碎裂映出母親同時是女人的

女人攜著孩提的我，母親牽著兒子的手

太荒疏

也

太乾涸

死亡與分離是對愛的唯一渴望。

PAGE

DATE

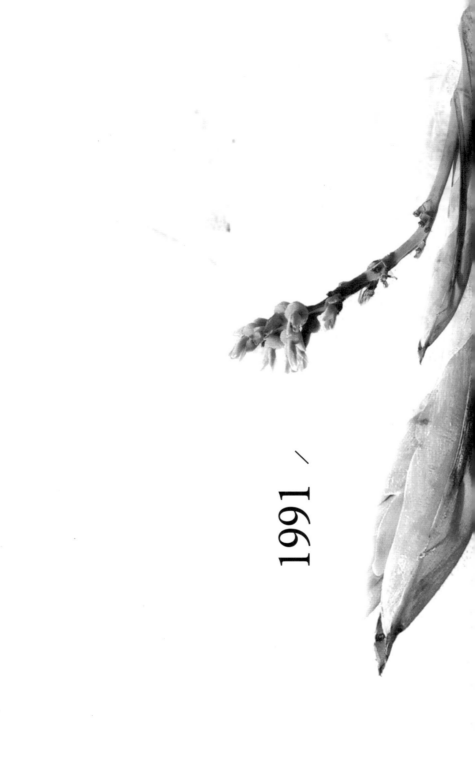

1991

六月九日

畢業了，我也把一切結束了。把所有的垃圾都丟出去後，卻也不知道以後要怎麼活下去？很悲哀，真的是不知道以後要怎麼活下去。一點概念和想像都沒有。到頭來，從前花了那麼大力氣經營建構的生命景觀，對我卻完全沒有真實感，它們似乎是整個建築在逆反我生命需要的點上。我不知道怎麼面對我的生命需要，它在痛徹心肺地掀扯我，它在告訴我我活著最想要的就是「被愛」。我不知道要如何繞開它去鋪展我原先設計好的生命華麗圖象，我不知道繞開它所完成的生命圖象對我有什麼意義，我更不知道要拿什麼作力氣去投向未來的圖象，而如果誠實地面對它又不知如何才能不虛幻地捕捉到它？

到底什麼才是「真實」？這四年行李裝滿了垃圾，不知道為什麼原本撿回來如此珍視的寶貝都會變成虛幻的垃圾？我不知道到底什麼才是穩定的「真實」？為什麼在珍愛一個東西時必須同時想像如何推卸它虛幻化後的責任？根本沒辦法為任何愛的選擇負責，它總是不要我負責。我不知道為愛和怎為生命如何負責。

活著充滿被他人的「否定」，我體內最美最重要關於愛的生命力不斷地被我所愛的人否定，他們否定我愛的權利，而我原本又是如此強烈地具有「要去愛」的傾向，這麼多的否定就幾乎是否定我的存在，使我變成更熱烈渴望被肯定「能愛」的人。

好喜歡F，不知道怎麼辦，不知道怎麼會這麼喜歡她？愈進入她愈發現她與我的少交集、無關性，但卻喜歡她愈多，她的個性對我愈來愈具魔性，像海洋般廣闊、無限包容，她身

上的女性似可一直深入而溫柔地含納，這就是使我無限深陷不可自拔的魔性。她也正以她與我完全的相異種擊著我，她開啟我離開我自己的座標去體會生命的價值。她整個生命都在顯現另一種赤裸、自然、樸素、平易的價值給我看，與她的生命相比對，我的生命是那麼虛假、贅冗、華而不實、大而無當。她幾乎一無所有，所有的意義都是靠她赤手空拳掙來的。在她的世界裡沒有靠別人這種想像。我完全相反，我什麼都有，所有的意義都是靠別人給我的，但唯獨缺乏靠自己可以活著的真實感。相形之下，我的存在顯得多麼軟弱可鄙。

她的眼睛、她的裸體、她的靈魂、她的聲音，這幾樣東西加起來等於一個女人對我的全部意義。我渴望獲得這樣一個完整女人的意義，我想要擁有一個完全屬於我的女人。她可能永遠都不能欣賞我、不了解我。她可能永遠都沒辦法產生獨特靈魂的強烈愛的意義，自己紮根在我愛的苗圃裡，但是我必須儘早放棄期待從她身上得到這些。我所能從她身上獲得的是擁有一個完全屬於我的女人，並且我能刻劃她的靈魂，但不會刻劃成我所要的樣子。

我相信只要我自己的生命意義挺拔起來，我就能豐富她生命的意義，我一定能為我這個心愛的女人注入靈魂的，並且我將完全擁有她的靈魂和身體。她身上有著肥沃與我緊緊連繫的品質，她根本一點都拒絕不了我，我對她是唯一的闖入者，她絕不可能忍受趕走我，而她的溫柔又是那麼致命地吸引我去侵入她。只需要我對她多一點耐心，她對我多一點承認。

生命必須重新「歸零」，讓它重頭長東西。

六月十日

從今天起我必須開始對自己負責，我必須開始有責任的觀念，開始訓練自己承擔屬於我的責任：前途、家庭、愛情、經濟。我要變成一個有責任感的人。

關於前途，我仍然必須如計畫踏上自我成就的孤寂路，我必須先成為我想成為的那個人之後，我才能夠對別人負責，我才能獲得自由選擇我所要未來的權利。

關於愛情，我不能期待它太多，我要明白它不可能給我全部的幸福，我只能理性地任它安靜地長大，太多熱情的澆灌只會使它夭折。如果我沒學會好調和理性和熱情，我就永遠無法獲得恆常平靜的幸福。

關於自我負責，我相信只要我去過一種我自主選擇的生活，我就會有動能和意志去負責。它並沒有那麼難，我的意志薄弱是由於我被逼迫去釘在一種我之於它無能為力的責任上。

關於記憶，我說過只有藝術能真正安慰記憶，再強烈悲傷的記憶都成為藝術的最佳材料，對藝術的愛就是對記憶之悲的忠貞了。在藝術之前只有強者才能存活。

關於時間，它的全部存在都要是為了藝術。

六月十二日

擁有愛情的日子就是這樣，平凡無奇，在一點一滴瑣事中累積情蘊。悠緩如中板行船，然而踏實寧靜，接近真實。

從前渴望擺進現實，如今渴望真實，彷彿只有真實才能治療我心靈的病痛，只有真實才能治療我心靈的空虛。然而真實到底是什麼呢？真實就是藝術就是愛，真實就是我想要過的生活，就是我想要有的人與人的關係，就是我想要奉獻自己的工作，就是主動進入時間裡。

這四年裡常常嚴重缺乏真實感，主要導向我的時間的：學校課業和勉強屬於我的情人，之於我都虛妄得可怕，前者是被硬塞進來的（社會和我個人成長的歷史軌跡完全錯開相關性），後者則是我硬塞進去的（對方和我的需求也無法接合），我生命的主動性不斷地生而被挫，奮而軟弱，從別的旁枝處補給後，又被這主要的工事壓榨乾，而這種乾涸卻完全是單向循環，規則是：我完全無法從它們身上獲得熱情和意義的補給，卻必須為了倫理上的責任維持它們的運轉而不斷給予熱情和意義。所以我總是走向乾涸和不真實。

到底什麼樣的生活能給我真實感呢，我也沒有把握，什麼東西能真正治療到我心靈的病痛呢？也許是恢復我生命的主動性和創造力。不要再被那麼強烈地否定和持續地挫折，完全被我目標「無化」的存在，強迫性扭曲自己進入意義的結構，在這樣的結構之前我是完全沒價值的，然而我卻「必須」不准停止地表現我的價值，所獲得的是獎狀式抽象懸掛

的價值，再也不要這些了。

需要就是真實。我的歷史創造了我獨特的真實，全部因我而
面對我獨特的真實就是誠實。除非徹底放棄歷史的真實，衝
上嶄新的超越界；之外就是意識型態支持忍耐和等待；不幸
則逐漸墜入被「否定」所運轉而「自我否定」的毀滅裡；幸
則衝匯進被需要的真實所引導主動創造幸福的過程之中。

六月十六日

如今什麼是我的真實呢？我渴望真實。我現在心裡的聲音告訴我：其他什麼都不重要，只有沿著真實走才不會被架空。不斷地去愛而不被愛就會被架空——這是總結四年經驗下來而不知道為什麼的首要法則。

愛是一種交互作用的平衡反應。一輩子記得好嗎？永遠不要再犯這種可怕的錯誤。它是平衡的藝術，絕非個人秀。

把那兩樁虛假被架空的愛都丟到垃圾桶。愛著那兩個女人的生命荒謬得可怕，真的荒謬得可怕。我將自己最珍貴的愛交給別人，任其踐踏，任人對我殘忍。他們先天就可以擺脫不來愛我的責任，是我自己選擇這種痛苦去愛的生命形式。等到把自己掏空，痛到極點了，我自己愛的意志會自動粉碎，徹底由內心產生無關性而絕然地脫落。不能怪別人不珍惜，這是雙方先天結構的問題，也是我所選擇與現實妥協斷時滿足欲望的方法。它毋寧是種生存的手段。我得自己承擔起被架空的責任。我已經乾枯了。我還必須對別人負責嗎？誰來體恤我，為我負責呢？——沒什麼。各人負各人自己的那份責任，不願再對她們有一絲歉疚更不再需要完全誠實。刀子快速劃過快速擦乾血跡。乾淨漂亮。只剩簡單的人際法則，她們怎麼也不能再影響到我。只向記憶尋求愛的終極意義吧。既然沒有愛，就只剩優雅罷了。

我要面對我生命全部的真實。以後的目標就是讓自己往強的方向走，以能負擔起生活和愛的全部責任為目標。二十五歲

前做到自己要做的事情，像個漂亮的T.B.。

至於愛，要慢慢地減緩對愛激烈的渴掘，把「因需要而愛」的成分慢慢還回去，用輕鬆的態度悠游其中，平靜地讓它像空氣一樣存在，付出的愛像「呼氣」，汲取的愛像「吸氣」，一切都要很自然，不要激烈不要痛苦。自己的生命要自己承擔，然後讓愛人慢慢地進入生命的每一氣息中。

六月十七日

形象之美是那麼容易消失。只有靈魂質地的力量才能牽繫住兩人之間的愛。智慧、天真和溫柔是三種最動人的靈魂之美，其他的文采、形象、物質都是虛妄的。有時候不知道什麼叫愛，只知道要去愛，又怕愛的感覺會隨時消失，心裡常想我就要為她作犧牲的這個人值得嗎？這真是個痛苦的問題。如果連這次都不算愛那我就不知道這世界上還有愛嗎？從前太渴望了，就只是要去愛，以自己愛人的自發性為時，但真正獲得後又因失去追求的趣力，害怕自己不能繼續在愛的狀態裡。

六月十八日

十五日跟F說了「我愛你」之後，兩人就正式進入相愛的關係。這句話對一個女人而言非常重要，尤其是初戀時第一次聽到。比起其他人，F算是對我給出最多愛的女人。看著她每天在我愛的滋潤下一點一點融化開，注視著她臉上愛的變化是世界上最大的幸福和最美的事。

六月二十五日

過去的種種就都讓它自然流過，流進記憶的河裡。關於失敗的愛情，要記取教訓獲得成熟，關於別人，要努力給予別人意義。從現在起要努力開啟新的現實，在新的希望裡建築新的真實感。

（我的生活沒有編年史。從來沒有重心，沒有道路，沒有軌跡。我的生活中有些遼闊的地方，大家都要我相信那兒有個什麼人，而那不是真的，沒有任何人。）

也許就要背著這樣的感覺體驗一生，在這種悲傷空虛沒有真實感裡走過整體時間，但是沒有關係，總有希望總有獲得。還要奮鬥下去，不要浪費生命。

六月二十六日

太多關於愛的傷害了，總是一樣的，不能持久的傷害。厭惡極了這些傷害，為什麼總要有這些無聊的傷害？這些傷害破壞盡了愛原先所累積起來全部美好的東西，因為它們愛變得如此虛妄，完全像幻影般的東西。從前的山盟海誓，如今所愛的對象竟變得一點都不值得愛。

這似是個性裡根深蒂固的壞毛病：不斷地背叛自己的感情。總是讓自己進入一個無可救藥會崩毀的循環裡，最後讓自己對這個循環完全無能為力而必須放棄。總是委曲自己，沒辦法和對象討價還價，力量用盡了就得自己走開。總是這樣的結構。

六月二十七日

從現在起，要撇開愛欲的問題，開始問自己之於生命的其他部分：創作和生活。我還想獲得什麼，要怎麼做才能獲得？

關於愛欲的問題，只剩下意志和快樂兩部分了，這完全是我自己個人的問題。這個部分我花了太多時間和心血去思考、體驗和經營：個人生存的基本狀態就是殘酷孤寂的，整個生命的過程就是面對它更多或累積力量面對它。而關於「幸福」，它的理型型態具體並不存在，毋寧更像與生俱來的幻覺，「幸福」是布滿過程裡的短暫的瞬間，它不是什麼里程碑似的天國屏障，越過或抵達之後就可全部得到或免於心靈病痛，完全沒有這種烏托邦。任何東西都需要靠內在力量裡的愛和意志創造出來，沒有內在力量就什麼也沒有。

之於我，「愛欲」只變成選擇一個合適對象的問題，然後創造一種「真實連繫」。什麼是「真實連繫」，就是我之於我和我的情緒、期待和需要可以真實地被接納，並且能自然地獲得良性回應，而在廣闊的時間裡自由地作深入結合，形成生活裡不可取代的具體連繫體。像我與妹妹的關係就是最好的例子。

剩下的直指我生命基本不安的，就是「負責」和「自毀」的問題。選擇一個人之後，如何承諾能持續在這種選擇狀態內，並且拒絕其他更能滿足的可能性？另外，當自己某階段的內在結構要爆破時，如何讓自己保有力量仍去維持那種關係的正常運作？

在客觀性上：F個性的柔歡及女性愛的天賦，能在「愛欲」上完全接納並回應我，她甚至是一個會等待和守候我一輩子的女人。基本心理體質上，她容易滿足、快樂，面對世界是獨立且能自我負責的，情緒面積以及與世界相關的內容物凝縮到最小，所以能在對世界最少的要求下，維持最精簡的自給自足系統，這對我而言是片「堅實的地」。但是她不是我關於女人想像的原型，她沒有想像的基礎了解我，自己進入我的靈魂裡和我對話，不能在知性上對我作藝術的回應。她的形象之美或身體的吸引力或許不能支撐我源源不絕的熱情。她所想望的世界圖像和我的之間在細節上若非大量衝突就是會錯開，兩人難作具體的連結。

七月四日

深入這樣一個人是神祕的，我所發掘到的「溫柔」是可怕的，它超乎一切之上地凸顯出來，成為支配我感覺情緒的唯一勢力，且溫柔又喚醒溫柔，無限衍生下去，這溫柔自身的質地和意義到底是什麼？彷彿那是我最想要從人類身上獲得的一種東西。「溫柔」的深度是可怕的，它激發我強大的熱情和意志，以及產生熱情的意志。

「溫柔」它的性質到底是如何？它似乎可無限含納一個人，沒任何占有、否定、推斥、摩擦或關於力的作用。代替相對強勢的「外化」回應，它不是以對等或低階的方式並處，而是用無限包容和貯存消化的方式，完全和平併吞你。它彷彿是個儲能和休息系統，不是屬於釋能和活動的系統。

我在想生命中孤獨和流浪的狀態，之於我到底是不是真實的需要？過去全部的孤獨和流浪都像是一場錯誤，除了為逃避，我從不曾真的要過它們，它們塗在我的時間上的就是「虛無」兩個字。

之於任何感情的責任都不要再逃避了，深深體會到自己生命的意義根深蒂固地建築在此，真實就是這樣，屬於我獨特的真實必須被清晰地標出版圖。

不要逃避，就是要負責任。

七月七日

與F的結合，彷彿強力地根植在女性大地上。她給我的東西是如此穩定、堅強、飽實、可靠。不知道這是不是就是真實的結合感。與另一個女人，我夢魅以求的「女性」。到底為什麼對女性的渴望這麼深。少了這個東西就如飄萍般不安騷動。我從她身上得到的是什麼？進入整體的女性意志深處，她給我她絕對、唯一的熱情。她的專注、母性、溫柔、女性的堅強，以及靜謐的內在世界和安定如磐石的感情大地，更重要的是向我展示一種精確如幾何般具永恆性的生活模型。

女人，除了語言、行為可表現的現象之外，等於更多的神祕，那裡才是真正的她。

七月九日

有人愛的生命真是好很多。愛這種東西就是如此神奇，多少人苦苦追尋為它受苦受傷。多少心靈的病痛就是由於沒有人愛而引發的。有一個人如此愛我、在乎我，任何內在的創痛都會被愛撫平，也會因此生出意志來去愛其他人，做我想做的事。愛真的就是我最需要的東西。我要緊緊把握住它。

每天心裡都湧塞著巨大的情緒量。F愈來愈像是我要的那種女人，使我驚奇不已，每天都因她而有新的激動。一開始我對於她溫柔個性的直覺是正確的，我清過傲慢多刺固執型性格的女人，清到她身上就是由於這種冥冥的直覺。直覺到她會適合被我愛。經歷過這麼多女人，竟然之於一個會來愛我的女人性格是如此無知，想來慚愧。過去都太虛浮了。

F呢？她的個性真讓我太喜歡了。比我自己性格重要的部分還叫我喜歡，她懂得如我所是地接納我，對於我愛她的任何方式都柔軟地對待。如母親疼惜小孩般地在乎我的感受需要，內在獨立成熟能承擔容受眾多我加諸她的情緒和侵略，容易知足對我完全不控制要求，熱情且注重平等地回應我，內在純樸誠實任我自由進入如一個純潔的嬰兒，我的任何東西加入她都是如此自然。

她是一個真正的女人，愈來愈這麼覺得，每天每天看著她的臉，她內在的女性美一點一滴地流露在臉上。那種美對我有著致命的吸引力。佰爵從柔軟堅毅的女性美，她的臉在我面前可以顯露愈來愈深的部分。她較堅定、深沉、憂鬱，對我展現深度諒解的眼神。她的臉是一張真正女人的臉。

剩下的就是堅定自我意志，以及朝向共同生活的問題。

七月十四日

這樣的生活是我夢想過最好的生活，我有一個我愛她也愛我的女人，然後我的時間純粹用於寫作和閱讀。畢業後這半個月，我就是過著這樣完美的生活，所有的病痛都一一療好。真實感，不曾有過這麼踏實活著的感覺。因為時間是我所想要的，所以意志力可以飄浮在一切之上，我能主動賦予時間意義。

我已經得到我想得到的全部東西，我只想用力去活，把自己的生命塗在它們上面。我有個愛我的女人，我要給她全世界最好的愛，我有自由寫和讀了，我要盡全力獻身於此。

有時候想起 F，眼淚忍不住掉下來。當真正愛上一個人而想與她命運相關連時，想到她的生命狀態，內心就生出強烈要好好去愛她的痛苦感。接著想到我對她生命的進入，如果我不能負責那要引起的傷害。每次都想要負責，每次都想好好愛一個人，每次都落得醜惡的下場。想到愛及愛的空虛，以及她的純真，眼淚忍不住掉下來。

必須成為一個男人，像個男人那般堅強、有毅力、有擔當。不能再像個不負責任的小男孩。

成為台灣第一名的作家。建立一個幸福美滿的家庭。做個第一流的好情人。成為一個最高級的知識分子。成為一個優秀的電影工作者。成為這個社會有影響力的人。

七月十七日

今天無論如何必須開始我的書的工作。

讀了系列「天才的悲劇」中藝術家獻身藝術的故事，內心非常沉重。真正的藝術家把藝術看得何等之重。梵谷、高更、羅特列克、莫迪里尼亞、尤特里羅、史汀、竇加、孟克這些人，是如何瘋狂作畫，沒有那種毅力、熱情和全部拋卻的決心，不顧一切地獻身藝術。怎麼會有什麼成就呢？

身為一個小說家，比起當一名畫家是更艱鉅的一條路。小說家不能憑仗任何外面的顏料，更不能借諸古典知識的資料，只能靠腦裡的感情經驗記憶無中生有，線條顏色構圖材料都要靠文字製造出來。而一個小說家比起畫家也更深沉多了，靠著文字他可以無限地感受思考，無限地深沉複雜，因此他必須鍛鍊自己的路也就無限遠。

我重新思考小說的功能和價值是什麼？村上春樹給我啟示是：文學沒必要摒除絕大部分的人。文學不是為了文評家和文學史而存在，但它必須有價值，起碼對我這樣一個人，不管是啟示性、美的或感動。小說家必須開啟人們新的情緒、精神經驗和想像，提供人們對世界新的體驗可能，而這種影響能傳播給愈多人愈好，它最好能使用易被大多數人接受的語言，而揭出某一時代人們的精神斷面，且是深入他們所不知的精神底層。這種語言也是創造精神現實的新語言，小說的獨特語言。

常擔心自己只是個俗物，理想之峰太險峻高峭，沒有足夠勇氣和毅力攀爬。心理衰弱易生病，欲望紛雜貪圖世俗名利享樂，不能刻苦耐勞作自我犧牲，容易墮落自我厭棄，放縱自己、不道德、對他人又不負責任，無能自制。我這種人可以完成藝術的任務和獲得幸福的生活嗎？

我的心理已有生病的基礎，恐懼自己發瘋，與世界之間的隔絕已深，深切渴望被愛，若這世界沒有一個女人能全心愛我，大概也活不下去，總會把自己蹧蹋死。心裡已種植一顆自毀的種子，這顆種子在我陷於完全孤獨時會出來恣意破壞我，像一匹脫韁的野馬。

我非常明白我這一生，若沒有F這樣癡心愛著我的人，照顧我疼愛我珍惜我依戀我，我鐵定活不下去的。她是我這匹野馬的韁繩。

今晚必須像梵谷、史汀般瘋狂作畫。孤獨算得了什麼？

七月十八日

（從某一方面來說，我已經死了。從少年時代留下來的那些氣質：過分緊張、過分敏感、過分自我意識，以及高傲和理想，這一切都隨著那次事件而消失了。好像我最後終於失去了我的天真。雖然比一般人遲些。像每個年青人一樣，我也曾經目光擺得很高，充滿了我自己所不甚了解的熱情和罪惡。）

（我不再認為我自己是不快樂的人了。相反地，我知道我有「困難的問題」，這就是一種樂觀的方式了，因為問題總是有解答的。而不快樂，就像是壞天氣那樣，你是無能為力的。一旦我認為，這一切將得不到答案，甚至在死亡中也得不到，那麼我就不太管我快不快樂了。「問題」以及「問題的問題」就不存在了。這也就是快樂的開始了。）

今天從F身上學到一件事：（如果我要跟一個人產生真實的關聯，就得讓他真正了解我，且我自己得需要他的愛，也想辦法讓他能接納我對他的需要。）

我得很嚴重地承認：我也需要別人給我我要的愛才能去愛別人，且我是會熱烈地渴望我所愛的人來愛我的，得不到就會自恨而蹧蹋自己，最後也沒辦法愛任何人。

昨晚和F在房間裡談話過後，心中不知怎的，有種強烈的孤獨感在，使我突然非常害怕跟另外一個人共同生活，想到那一層濃厚的孤獨感內在就非常想哭泣。自己彷彿受那種孤獨感折磨很久了，我雖然渴望和她共同生活，但是又害怕自己多病的心理會拖累她，過著地獄一般的生活，兩人像一對孤獨

的情侶般面對這個世界。在台北生活這七年，我竟然變得這麼害怕孤獨，孤獨是如此地啃嚙著我，尤其晚上的六點到十點之間。

工作進度還是一直沒開始推展，內在一有挫折就很想逃避，也完全拒絕去面對任何人。我是不是就這麼禁不起挫折？我非常容易逃避挫折，但是什麼挫折都可以逃避，就是寫作這件事不能。

七月二十日

一片情緒的暗影從前天晚上就籠罩我直到現在，我不是很確知那是什麼，但是提不起勁做任何事，想逃避到睡眠裡。到底是什麼？是前晚被孤獨感所襲後就抑鬱不振嗎？我好怕自己這樣，寫作進度落後那麼多，整整落後二十天，這算什麼作家？但最重要的倒不是寫作的問題。我對我的寫作有著無比的信心，我相信我終究可以寫出我所想寫的作品。

是想到茫茫無涯的孤獨感，以及自己對他人的無能負責，還有自己沒辦法主宰自己憂鬱的體質，整體來說自己並無能對自己的生命負責。但有了F，從今以後我必須對自己的生命負責，我不能再墮落任性胡為，我不能再過著毫無紀律的生活，不能在金錢上沒節制地揮霍，在情緒上放縱自己去沉溺自毀，更不能在最終極對人生的信仰上存留著虛無不真實的態度。過去的四年裡我確實就是這樣，「在人海裡漂浮」、「等待死亡」、「沒有真實感」、「只想像敢死隊一樣向前衝去作狂歡式的舞蹈」、「爭取各式各樣的狗牌子」、「靠著藥劑麻醉自己的痛苦知覺撐過一天算一天」、「縮短自己的生命做最大量的消耗」、「無能對任何東西負責包括自己的生命」、「在海市蜃樓裡看著另一個自己的精采表演」……那樣的我我知道活不了多久，在自眼自棄裡慢性自殺。看了太宰治的作品後，我知道自己是個潛在的太宰治。

但是現在我必須重重地敲擊自己的腦袋了，我有了一個願意全心全意凝心愛我的女人了。一個在第二個月時告訴我說七個字「愛到深處無怨尤」的女人。她讓我能信任地感覺被愛到，我確是體會到愛的真實感。她抱著「必死的決心」來愛我，我能不對她負責，為她改革我生命腐爛的部分嗎？我

這次也得抱著必死的決心，如果又失敗就去死。無論是我病態的體質、逃避責任的老習慣、還是緊隨的濃重孤獨感，這些都絕不能釋放我對她的責任。把自己釘死，無論發生任何悲慘的事，寧可被痛苦折磨而死，也不要再逃脫對她的責任了。如果我這一生沒有學會一次對他人負責，那麼一輩子都是個廢人。

必須先學會用建設性的方法處理情緒，戒除以前用藥物（煙酒咖啡）、揮霍金錢、昏睡、放縱的生活來逃避情緒的習慣，要反覆地練習「節制」的方法。和愛人做開放自由的相處，強迫過規律的生活，寫日記凝視自己的情緒或寫信給愛人、洗冷水澡和小睡、閱讀喜愛的書或過去的日記，最後則去看海或回家。

先過一陣子簡樸的生活，只靠著妹妹、F和家人過日子，戒除所有「被控制」的惡習，把經濟需要壓到最低，過規律性的生活，用最大量的時間工作再工作，排除一切人際或雜務。

七月二十三日

到耕莘座談。看了法國片《壞孩子》。

七月三十一日

昨晚深夜搬進溫州街，和妹妹同住。

每次搬家心中都很悲慘，都是從一個自己熟悉的家到一個陌生地，摧毀原本感情深種的地方，要從零開始。每次搬家，背後都扯著一個大挫折，覺得這種搬家本身很痛苦。每次的挫折都不一樣，一次比一次下更大的決心，要停止這種自我傷害。一次比一次用更大的力氣去圍堵傷害，但每次決堤都是更大的失望，對人生失望。內心愈來愈堅硬，像鐵石，像鐵石一樣對痛苦不能動彈，像鐵石一樣對絕望無可奈何，像鐵石一樣悶悶地呼堅硬地痛，叫也叫不動。不流淚不哀嚎也不宣洩了。任苦黑的東西愈積愈厚，愈壓愈緊，我只要全心全力把必須且想要承擔的幾樣東西扛在肩上，像要突破自己極限的舉重選手，咬緊牙根抓舉，死命一搏。

大學時代結束了。搬離開景美，四年畫上句號。想要改造自己，坑洞太多了。把壞習慣都改掉，削去過度的敏感和浪漫，成為現實主義的方塊。挫折、悲傷、痛苦和絕望這些金塊都是基本元素，要讓它們輕輕地飄在上面，或是滑過這些金塊，不要讓它們堵死，還想呼吸，讓空氣自由流動。

大學畢業。自己可以如實地感覺到如切割般的生命要求：向
內要負責，向外要誠實。沒辦法再因痛苦逃避不良的結構
了，只有解決問題、迎向傷口，痛苦更重的沉默置之。對
自己不負責任，不是壓力解纏的出口，如果再走上放任自己
不負責任的路，就是要有直接奔向死的決心和魄力，否則那
之後無止境又拖泥帶水的折磨，介於生與死之間的拉鋸，就
是無謂受苦，生命沒有意義，痛苦沒有代價。

要長大了，不是兒戲，該搞清楚。對別人要負責，別人我所
任性侵入的別人，是個活生生的人，會被我傷害到而永生難
癒的，沒有權利任性胡為，要製造多少對人的傷害，我才能
克制任自己的不負責任。關於人痛苦和相傷不是重點，之於
這些，除了處理它們外，需要更多的省略和麻木，進入一個
結構，就是一種穿防鎖骨的選擇，出了結構，雖然可以逃離
穿防鎖骨，卻是生命「無化」的犧牲，像沙漠中的塵土。穿化
防鎖骨也可以是無感重量的，需要智慧，信仰和節制，空化
摩擦阻力。如庖丁解牛，是種微弱的希望。

到底怎麼回事？被強烈的孤獨感攻擊，不敢回溫州街的新
家，連去看F也沒有用不敢去看，去看任何人與任何人說話
都有悲慘感在其中，孤獨不會被穿透，恐懼生存和時間本身
恐懼得不得了。覺得自己有病，不會有救，體內已陵廢本身
有問題，嫌有任何東西，都沒有用，只會把它們變成更大的
無妄之災。自己本身不健康，到底能去愛誰呢？

不要這樣，就像朋友說的「有希望總是好的」。往前看我已

得到全部我該得的，費盡千辛萬苦，我還是幸運地得到了，
何其幸運。往後看，我是完全自由的，脫離所有的束縛，我
可以全心全意做我想做的事。我可以建造全新有希望且真正
能持久的制度，那都是我此生真正需要的：一個能陪伴我一
生愛我疼我包容我的伴侶，以及一個能知我解我能給我力量和
抵住我不墮落的妹妹。剩下的只是我自己的問題了。我不要
沉溺到悲慘氣氛裡，不可以這樣。要有快樂的能力。過去的
所有東西，都可以挽回剩餘的東西，都還在，每個人也都有
快樂的部分比我活得好。我不需背負那麼沉重的責任，自己
活好別人就會活好了。

沒什麼好怕的，什麼事都會解決的，一件一件慢慢來。

八月三日

過去的人生。真正大大証了我一場，雖然獲得許多情節的記憶，我也變得懂得人生、人性和自己，比較有智慧「對付」人和靈運。但把我的身體搞壞了。不知道到底累積了多少恨。

關於未來。過去的經驗教會我，無論任何信仰都沒用，都可能輕輕被拔起來。但要永遠懷著希望，一直走下去。只要活著，可以恨，但沒有權利絕望。海明威的話：「人可以被毀滅，但不可以被擊倒。」只要抱著一個希望，就要為這個希望奮鬥，全力以赴。失敗並不是什麼可怕的事，但要愈來愈愈會處理失敗的傷害，把失敗圓回來。最好學到愈來愈大範圍的「真實感」。「真實感」不在建築的藍圖上，而在每天的知覺。

關於生活。並沒有那麼困難，但是不要壓迫自己要放鬆。「知覺體」是最重要的，痛苦和絕望可能是主體，隨便走一步可能都很想攤在地上，但再痛還是得走，走慢點。把知覺擺在一邊。慢慢學會對付生活。要浮在孤獨感之上，得到更多快樂的東西。

關於人。能愛的盡量愛他們，要建立制度。

慢慢累積信仰，一種存在時間裡的信仰。

「容忍」是最重要的。

（我不會死。事實上死從未穿過我心。我還有工作待做。）

我絕不能再逃避下去了。要與時間對決。只要我能對愛和創作負責就夠了。那就是我的責任。我會活在希望裡的，我已形成我幸福的圖相：有我愛的人和我愛的工作，這就是我時間的意義。光這兩項工作就足以將我向上拉引，不能自我放棄、精神萎靡和蹧蹋時間。遇到任何心理困境，都要鼓起力氣來破它。

相信自己絕對是天生的創作者，能像安部公房那樣，成為國際性古怪深奧知性和創造性的作家，那就是我要成為的人，語言的魔怪。不能放鬆自己，理想之路還很遙遠。

喜歡《個人的體驗》的結局，「希望」之後就是「忍耐」了，像最後火見子對鳥所說的「你以後必須忍耐很多事」。有了自己想要的中心後，接著就是在對它們負責之中不斷忍耐了。

Kaufmann說：「愛是對於別人需要的感覺和忍受其中的痛苦，同時也包括了責任和犧牲。愛是一種互相的交換。」沒有愛的對象，根本不可能活下去，愛的感覺、愛的行為、愛的承諾、愛的希望之夢，就是活著的意義了。它們，愛和創作，以及為它們所做的準備，就是真實感所在，不抓緊它們，就會掉進無限空虛的地洞了。

關於對他人負責的事，得重頭學習起。（要嘛，就親手扼死怪嬰，不然，就從此忍耐著把他養大。）如果我沒辦法同時

擔起F和K兩個女人，就必須親手扼死K，不要盲目著做自欺的事，會把自己拖垮。對於她，我不能也沒有欲望了，只希望她恢復活下去的潛力，跟她下定決心不想有任何未來的，得全心全力經營和F的未來，把她當成一個遠方精神上的知己罷了。必須控制好餘裕。

無論如何，要學會「節制」。對時間、金錢、感情和情緒。

八月二十日

想起爸爸新教了我，要有「餘裕」的生活方法。

由於新的誠實行動，對於爸爸應該會產生新的關係，乃至於媽媽，好像有可能讓他們經驗新的親子關係。

改變態度：要做的比說的多，才能打下負責的基礎。

這一個月，到處放火的一個月。

（想要有個穩定、可靠、恆久的親密關係）和（想放開自己無限經驗未知的自己）之間到底要如何平衡？

（對於親密另一半的責任）和（自由地發展自己的事業）之間又要如何平衡呢？一切似乎都需要決斷的意志，以及清醒地覺悟從前的悔恨與錯誤。

得隨時覺悟從前所犯的錯，所傷的人。

關於愛飲，要把它匡正起來，何時何地被它所扭曲，都是危機的訊號，可能馬上被拖進去。關於它不能有半點馬虎隨便，更不殘留一絲過去曖昧的壞習慣。

切忌：不能再與任何人以愛飲交往。

八月二十九日

F，我的人生真的走到可以安定下來的階段。有你，我無後顧之憂，向外打拼去。從來，我就是個從不埋怨的人，比起性別上的痛苦，還有記憶中悲傷的別離，到底還有什麼值得埋怨的？如今我已經很滿足了，完完全全安心屬於自己的一份感情，這不就是多年來我所追求的東西。一個女人，完完全全屬於我，從頭到腳，從裡到外，每個細胞想的都是我，除了照顧我疼愛我外沒有別的念頭，這樣一個女人，是老天贈送給我的禮物，苦難的報價。

受到這麼多苦難，到底有沒有覺悟？為某種我所在乎的東西奮鬥，諸如愛情、藝術、家人之類的，必須以這些東西為我生命的支點，信仰它們就是平衡我生命的「實物」，為它們作適當的分配。

九月二日

突然之間，覺得除了F之外的人際關係都失去真實性，想從其他人們的世界消失。覺得這樣才可以活在一種徹底的誠實裡，其他人的存在間接地以一種強迫我虛偽的方式在傷害著我的生命。畢業之後，就想和世界妥協了，起碼是停止對世界虛偽，不想再以這種方式不知不覺地傷害自己，然後再試著誠實地站到世界前面去，任世界投擲石頭，對世界反擲石頭或再教育世界，但必須準備好付出代價。

發現沒對其誠實的人，其實我一點也不需要他們。甚至某種潛在地怨恨他們，我從不會真正坦誠地面對過他們，愛也不會是真愛。擺脫掉他們之後，我一點也不在乎。村上春樹說的「不要再說什麼對別人太過分之類的話」我很贊成。如果我真的在乎一個人就要努力在乎他，如果不在乎就不要假裝在乎。

奮鬥，即使我得到某種程度的幸福，都要保持這種狀態，這是最近體會到的道理。

九月六日

到底怎麼回事？稿突然卡住，寫不太下去，寫作的感情也不再自由流暢，被截斷，心裡淤塞很多無名的垃圾，在八月份結束九月份來到的時候，通通浮上來堵住胸口，氣悶很難受。

是自我要求的圈圈束縛住我，自己在這兩個月裡的表現讓自己很不滿意，所以開始慌躁起來，原本有餘裕的寫作生活愈來愈失去幹勁乃至於完全停擺下來，像沙漏完全漏到另一方。是對自己的閒散和蹉跎不滿，工作進度太慢又不能控制自己，內心焦躁不安，似乎無法向自己交待及證明自己，開始又扯自己後腿。

到底是自我要求太高還是執行的意志力太軟弱呢？自己給自己的兩個月期限已結束，在這兩個月裡我到底做了什麼，寫了六萬兩千字，然後把我和F的感情推過戀愛的階段到同居的點。心理也從悲慘破敗修補到平靜滿足，甚至消弭我對抽象寂寞感的長期恐懼，卸除我生命中最沉重的一項負荷。總結算來，並沒有白白浪費時間，這兩個月是有所建樹的。不要再責備自己。

自己到底想過什麼樣的生活？我的人生觀到底變成如何？我

生命的意義所在到底是什麼？總必須不斷地問自己，日日夜夜地模糊歧異著，絕不可能完全沒有疑惑和困頓，自己必須不斷保持和自己的接觸，才可能隨時撥開新的糾結。真愛和藝術，一直都是我所追尋的終極生命意義，也就是我這個月所過生活的宗旨與意義，其他的都不重要。雖然我常常繞過這樣的方向，企圖拋棄它們，暫時得以從追求它們的緊張感中解脫出來，但是在混亂污濁之後，仍會再經歷到對這兩種東西的渴望。無論會發生任何挫折，對它們的追求，這種堅持就是我所明瞭人之所以為人的所在，也是我生命的尊嚴。但卻需要深徹向內的諦觀和了解自己的平衡技術。反覆反覆操練才會爐火純青，進入being的關係。我絕不可能太年輕就隨心所欲，總不夠熟悉自己的。

工作的事到底怎麼辦？我為什麼會想工作呢？怕一直寫不出東西或拖拖拉拉只是稀稀疏疏的文字，時間耗在那裡一事無成，每天覺得空虛，愈來愈逃避，最後堵住了。工作是為了把一事無成的感覺炸開，在時間裡挽留住一些東西，也突破愈滾愈大的逃避現象。加上原本對自己經濟獨立要求的呼聲，以及安撫或補償對拈物質欲望的不安與恐懼。另一方面不想工作，主要是怕拖延小說進度，工作會累擔心沒足夠精力創作，且壓力加大會嚴重難喘息，怕退步回從前的精神狀態，更怕單調的工作使自己腦筋平板鈍化。

九月七日

內心又困頓得不得了，原本內在寧靜的平衡又被打破，怎麼
會這樣？很想放聲哭泣，非常恐懼這般的困頓。壓力游沱，
如雪山崩塌，又感覺到生存很困難。不行，要集中全力拒絕
這種感覺，活著，就是這麼簡單一回事，反抗到底，凡事要
忍耐，不要逃避，虛無這類否定的感覺，徹底從心中根除負
向的感覺。

九月十七日

一連串的快速轉變。放棄去法國。展開工作生活。小說的進度則繼續停頓。準備對我的小社會誠實。

真實。彷彿愈來愈接近真實。一塊塊把真實的磚塊疊起來。一切從零開始。從零開始學著誠實、負責、紀律，一點一滴累積真實感。全新的自己慢慢相信世界的安全性和連續性。

修正地圖，割捨最高峰的理想。面對幻覺般的自我形象，面對我還沒準備好要去攀爬最高峰，能力和配備還不夠。面對我內在最深最切的需要，這需要日日夜夜在召喚我，割傷傷我，帶著它走到哪兒都只是徒然地在流浪，是繞過我的目的地徒然地與自己捉迷藏。無論到哪裡，得到什麼也沒有真實感。

直覺。我唯一想完成的一件事就是對一個人負責到底。想要在這個流浪的世界有個定點，可以收藏我從這世界得到的所有東西。

要收藏什麼呢？收藏我所曾愛過的所有，收藏那些我已經獲得而其實我心底根本不想失去的東西。過去的一切只是在不斷地逃避與我所愛之間的分離。無可彌縫地愈逃愈遠。流浪的形式，也只是逃避我所愛的一種自棄方法罷了。

放棄出國到底代表什麼呢？代表我放棄走一條人人羨慕、在這個社會上會被標定在最高貴、最有價值位置的路。也是把我的前進送上「金童」的全壘打壘包，在最短的時間內作最緊湊的安排，是這個社會裡能有的最精采最輝煌的安排。從這樣的安排中鬆弛下來，彷彿就要被從「金童」打落谷底變成凡夫俗子。但我一向的「金童」標幟是假象，不是嗎？我是個內在殘缺空虛的「金童」。

九月二十一日

昨晚睡在F的宿舍，突然覺得自己很想再繼續住在像這樣的地方。那是什麼樣的感覺呢？對生活很有能，喜歡生活周遭的氣氛：人跟人和善的關係、秋天的天氣、還有明亮寬敞的感覺。我甚至在想，如果這個大學開學的日子，我是哲研所的研究生，那該有多好！既可以放心地與F談戀愛，又能盡情地啃讀哲學書，把自己思想的實力培養出來，就過著這種悠閒、充實又步調穩定的生活。似乎這才是我想過的生活。

要像太宰一樣向小市民的生活妥協了。最近我一直在等待天啟般的指示：到底是要往哪條路走去？是去工作、創作兼自我充實或進研究所呢？第二條路是我眼前在走的，會覺得有空、沒在完成或累積什麼的感覺。如果自律不夠嚴的話。工作則是充滿挑戰、也會充滿挫折和徒然感。在精神上不會進步。甚至俗化、腐敗。但會更了解屬於我的現實。進研究所可能最輕鬆，但沒把握能如我想像的向讀書靠攏或奔進。可能又是混過去。

九月二十三日

前天被辭掉工作，我並不如從前受挫折般覺得悲哀，反而一下就不覺缺少什麼了。我明白我得改變從前對世界的想像、我對自己的想像。那份想像或許有嚴重的錯，它具有某種虛幻性在其中。過去的想像是我要爬得高、每走一步都要贏、一出手就要摘下最高位的旗幟。每在一個地方都要做最耀眼的人，不願意浪費時間，只能當超級巨星。所以我是不斷地爬高、爭取時間，拼命逮住機會往上鑽。總是可以在各個領域嶄露光芒。以那樣的衝力和無後顧之憂，確實是可以一直贏。但那種贏法太危險，能伸不能屈，總是沒有韌性和潛沉的能耐。

這是一個新的學習階段，我要學習接受「從零開始」，接受「不要贏那麼多」、接受「本質上的平凡」，接受「凡事必須一步步慢慢走」，接受「忍耐從現實逼近理想之路的種種瑣碎無聊」，接受「無法直接朝理想奔去」。

其實這可能才是一種比較誠實的人生。我的人生似乎總是太依賴幸運。而我總絕少靠著按步就班的努力而贏得勝利或擺脫挫折。而我也總是在生活的其中一半敗得一塌塗地，另一半獲得僥倖的勝利。從今以後我必須覺悟不可能再靠僥倖獲得成功了。過去四年中，太多的僥倖使我高估了自己的狀態，使我誤以為對於我要邁向下一個高度是輕而易舉，或說我已具備好基本能力。而其實我的生活根本就一團亂。一些最基本過生活的條件我根本就沒具備。如今我讓自己從頭訓練這些生活的條件。或許會比較慢獲得理想的勝利，但這般去追尋理想才是誠實的。一點一滴在理想之路所達到的是我親手奮鬥出來，沒有其他的僥倖。即使我達的水準並不高，但是我奮鬥的能耐是變強了。這能耐才是把理想之路走得長、走得遠的保障。

九月二十四日

和F的愛情穩定下來。妹妹也搬來同住。找到人性空間的工作，寫小說的時間也空下來，甚至工作時還能固定閱讀。朋友大部分都保住，跟核心的幾個也維持積極精進的聯絡制度。這樣的生活，是像鋼筋水泥一般撐住我的式樣。這個式樣是最適合累積力量的。

九月二十六日

未來真是不敢想，茫茫大海般毫無頭緒。人生際遇太奇怪了，未可逆料，變數太大，我似乎只能堅持少數的幾樣東西，其他的都必須勇敢地割捨。我跟F的感情是第一位，寫作是第二位，經濟生活是第三位，持續學習進修是第四位。至於到底該怎麼走，似乎不像我原來想像般簡單，不是兩點間走直線的問題。

人生啊，開始歷練我，撇開一些虛幻的影子，我希望活得比過去踏實且滿足。必須學會割捨，割捨次要的目標，為主要的目標刻苦耐勞，長期忍受過程中各式各樣的勞役虛耗和繁瑣。我要一步步開始學會踏實地活著，無論是愛情、寫作、讀書、工作或學習技術，都要完全面向誠實。

十月五日

很久沒有很流暢地下筆了，我之於寫作到底是如何的關係呢？它像一團痛苦的核硬在我喉嚨中，我對它的渴望幾乎就是到目前為止，幾乎就是我對人生的渴望，如果我不能達到它的顛頂，那就是我今生最大的遺憾，那是一種內在的召喚，我想成為那樣的人。但是「彼岸」呢？寫作的「彼岸」到底在哪裡？我能觸到嗎？那是今生的「榮耀」嗎？

今生今世我所能確定的是「寫作」和「專注愛某個人」這兩件事，人活在世間，所能確定的非常有限，這樣的「確實」本身，之於我的一生是最重要的。在這個點我所要的都已要到，我得以從這樣的點出發，要航向哪裡呢？能航向哪裡呢？我並不知道。

最近，我發現自己變得真是太多，變得保守、封閉，較不能愛且對他人沒有興趣，也許我的需要已都轉移到愛情身上，變得不再能跟朋友相處。到底為什麼呢？還是我對世界要求過多？我所期待的與人狀態是錯的，我根本不能在我付出的範圍內做如此的要求。

愛的態度到底是什麼。

十月六日

活著堅持和執著是非常重要的，走一條路要走到底，不然就什麼也沒有。堅持和執著是要付出相當高的代價，這樣的代價本身到底是不是一定會有回報也未可知。我現在所堅持和執著的是什麼？是愛情和創作。別的呢？金錢、前途、地位？

畢業那陣子我曾跟自己說，過去那四年太荒唐了，醉生夢死度過，什麼也沒真正完成，只是一天混過一天。畢業後我渴望過一陣子絕對誠實的生活。還記得這個內心的呼喚嗎？絕對誠實的意思是不再被外界逼著去做任何一件我不願做的事。

十月七日

寫作進度沒辦法順利，這是眼前我最嚴重的問題。受寫作欲望所苦，欲望太強太大，根本不是眼前我所能完成的，在這點上太貪婪。我對於知識和寫作的野心太大，欲望太深，想要在這上面很有能，不知不覺會為這種欲望所苦。會想要當哲學家，在知識上無所不通無所不知，被這種欲望折磨，但自己又不願意生活中只有文字，只把自己拘限在文字世界裡，又不願意被別人逼迫去進行非我所願的閱讀工程，所以必須選擇走另外一條路。

如今為什麼寫不出東西？整個九月份幾乎都沒寫出什麼東西，這是如今使我痛苦的最大來源。我對我小說的想像力整

個停頓下來，似乎熱情已絞盡，距離我原本的想像很遠，當
初推動我去寫的那股強烈的情感不再熾烈，感情沒辦法自然
地流露在筆下，並且我對自己的要求相對地也彷彿提高，我
加諸我的小說太多要求，不知不覺使自己陷入困境。

還有生活的問題，我總是沒有意志使自己起床，不知道到底
為什麼？這是最困難的，也是最困擾我的。之後便是孤獨的
問題，孤獨像是個不可穿透過的存在恐懼核心，我逃避孤
獨的封閉性猶如逃避自己本身，孤獨是我覺得生命最大的
負荷。還有金錢、地位的誘惑本身，我發現它們開始在試煉
我，我比我想像中的在乎他們，在這些方面的無能使我痛苦
或不安。

我害怕失敗和落後他人，我習慣贏和優秀，尤其深深恐懼遭
男性宰割和踐踏，這大概是我從小到大最深的恐懼，我害怕
去工作，把時間浪費在毫無意義的事，不能出頭和半途而廢
的結果，並且沒有自由從事自己真心想做的事。這種害怕愈
來愈盤據我，使我在每天生活裡不斷地不安和懷疑。

必須建立起某種基本態度，針對全時間的生活，以釐平不安
和懷疑。我只能針對現在的生活目標作堅持，全部的力氣都
用以達成目前的目標，不能加諸自己太多其他之外的欲望，
相反地必須抵抗那些欲望。在一個階段的設計必有其考慮
性，只要全力達成它便是，唯有如此才會有所得。禪的生命
態度，就是努力做好每一天該做的事，盡全力完成此刻的任
務，那就需要「忍耐」和「專注」。之前，還需要保持「清
醒」，並且「自覺」在大系統之下自己心底有哪個角落是受
到矇蔽的。

十月十一日

L又來叩門，我知道不能再犯錯，F會受不了，也彷彿可以無動於衷，但是從我對她的感情來看這一陣子我的生活，就怎麼也錯接不上的感覺。我的命運已轉進另一個斜坡，那個斜坡是我完全無法預測和計畫的斜坡。我不知是要自然地滾下去，還是隨順著往上滾去。這個斜坡的名字叫「幸福」。這個斜坡似乎是與我的過去完全相似的，只屬於我自己，把其他原本與我相關的人都甩開，我必須獨自前往。

我的時間有限，我還有許多工作待作；我的幸福也有限，馬上死亡眼黑暗就要來臨了。我不能對自己或對世界期望太多，我的智慧、精力和時間都是有限的，只有我完全對自己真誠，我的愛和創作才能有高純度的真誠。

愛任何人，做任何事，在任何地方，在任何時間，處於任何遭遇都是一樣的，我就一直在這裡啊，唯有「誠」。

之於其他人，我到底該如何？

十月十四日

困頓。對自己不滿的困頓。怠惰，為什麼沒有辦法做到清醒呢？每天每天怠惰，直到一定量的怠惰之後，又開始逃避時間，想把時間掩蓋起來，而不覺得擁有時間是好的事。沒辦法做到自己要做的事，內心困頓，對時間感到痛苦。覺得似乎沒辦法衝出這個困頓。

這團困頓到底是什麼呢？我衝不過去。光是到底在什麼時段很寫作都會困擾我，本身這個作息不確定，隨便搖擺，就讓我很痛苦，沒有意志力堅持做一件事，堅持一固定作息。要自己白天早起寫作，結果起不來昏睡到上班前，要自己晚上寫到天亮，結果受睡眠誘惑，又昏睡到隔天上班前，只剩隨波逐流了。

背後的癥結到底是什麼？這麼多年來我在作息上無法規律，到底是為什麼？是因為不喜歡活著不喜歡時間嗎？還是因為孤獨病？這兩者我都已治好，我既喜歡時間喜歡活著，一天之內因有個工作又不至於孤獨，況且還有F和老妹這兩個人護衛在我的時間裡，這兩個護衛，一個就在我睡眠的空間裡，一個就整天一直在那裡等著我去依靠使用她。這樣的生活已經是我在人世間能有最好的生活條件了，如果不能利用這麼肥沃的條件使自己的效能發揮到極致，那實在是蹧蹋。

我的時間控制糟糕透頂，這是長久以來的積病。這四個月裡，我已經改善很多了。由於過去生病生得太厲害的關係，病情很嚴重，但我已克服了在愛情上混亂不能負責的問題，以及夜晚孤獨恐慌的問題，還有對工作不能負責的問題。下一個問題就是時間規律性和控制力的問題了。

十月二十四日

如今關於自由，我有一份很大的困惑。

我在體會自由，這似乎就是我現階段的人生任務。一切靜止下來，外在和內在的旋覆，像一陣疾風過境後掉落的樹葉，靜靜地散落地平躺。這就是存在的本質，我把自己擱在那裡，不再增加什麼元素，每天需要固定地吃飯、睡覺、工作換取物質，回到家裡照顧家人，然後我自己擁有大部分的時間，能自由地做自己要做的事，或什麼也不做地花掉這些時間。我不再屬於任何單位，不再服務於任何制度下的目標，我的時間是完全屬於我自己的，我這條生命的功用脫出所有社會的系統，沒有標籤，這就是自由。

在這裡我逐漸接近自由的本質，自由的附帶條件是獨立的、負責的和誠實的，這是我個人活著的基本狀態。似是起點也是回歸點，在這樣的基礎之上，重頭建造生活的建築。我不可能再逃避自由，而必須承擔，必須進入裡面，必須充實它，這就是生命本身。現在我的生命回復到一張白紙，想填什麼就是什麼，且我得自己負責。

十一月三日

畢業過後整整四個月了，這四個月裡我寫了將近七萬字的小說，並且把金融卡還給老爸，跨出經濟獨立的第一步，試著在物欲上過一種簡樸的生活，調節自己的生活秩序成為規律化，過一種與外界接觸最少的最簡化生活，我稱這種生活為誠實、負責的基本生活單位。這是我理想中的生命型態，我所要獻身的創作事業也將奠基在之上，這樣的狀態將是我隨時可以回歸的基態，也是最終的狀態。所以在這種生活裡自由自在，習慣那份高度自律的要求，那份單調的忍受，那種放下一切全力一搏的決心，這些都是我必須達到的狀態，人生的終結也就在這裡。如果要有理想，不具有這樣的能耐，什麼都別談了。

十一月八日

這段日子我學得很多，除了感謝之外，沒有別的。如果很快地我必須被中斷這樣的生活，被叫到另一種生活，另一個聲音前的話。

非常感動，這個階段在我周圍的人都讓我學會許多，關於如何更信任地活著。先是和 K 之間的搏鬥，使我和她之間有一種在苦難中彼此深深了解的愛繁植其中，這是我誠實的第一步，她讓我學會在誠實的衝突之中更誠實地去面對與人的關係，那似乎才是負責任的愛的第一步，我和她之間的關係反而更深刻了。

然後是 F，她使我在愛情和生活上學習以一種比較踏實的方式去經營，工作，做個可信賴的情人，作息規律，節制飲望，對自己負責，還有對自己的選擇堅持，這些都是我生命中很重要的任務，而我竟然到了大學結束之後才學到，也是因為 F 這個人。

十一月十七日

我得加油，趕上F期待於我的樣子。我如今的樣子令她很失望，這也是我在生活上不及格的地方。我自己知道得很清楚，這種不及格就是我得好好利用這一年訓練我自己的，即自律和秩序。她會厭棄我是自然的。

整個人都必須更實在，接近F要的實在。這種更貼近地面的實在，也是我這個階段必須成長的任務，如果不通過這關考驗則接下來的人生任務我也無法承擔。

怠惰是一種罪惡，我對F是不是正在怠惰？變得豬般沒有大腦地和她在一起，不願意再付出，跟我所憎惡的男人們一樣。難道我跟她在一起不再用心了，我只要享用她而不要灌溉施肥？因為我太信任她的關係？

怠惰，吃不了苦是主要問題。生活的問題還沒解決，寫作的問題還沒解決，如今又有不稱職丈夫的問題。

恐怕得找個方法將三個問題一起解決。解決生活知覺的問題。

十一月十九日

在聽畢業那一陣子的一首歌「愛情怎麼讓每個人都心碎」。想起那時刻的心酸與痛苦，突然很想從我自己親手建設起來的生活中逃脫。

想想過去的我自己，以及現在的我自己。對，正如 K 所說的，中間有個裂溝，我努力想從過去的自己逃到現在，結果逃過來了，但這裡有什麼呢？我沒辦法評估我的這兩個生存狀態之間到底有什麼不同。

我無法再逃脫，這是我自己求來的狀態，只有這樣對現今的我而言才能活下去，這個階段的婚姻生活是我生命中一段重要的試煉。

婚姻生活。就是這樣，我要的就是婚姻生活的一切。對生命的負責、誠實、秩序的生活。忍受一切厭煩和痛苦的意志與耐心，奠下生命藍圖底層的基礎建設，承擔經濟生活，發揮時間的最大效能，對另一個人無論如何的忠誠，不受任何體制控制的自主性自由。就是這樣，這是我所要的理想生活的一個起點，空間的起點，創造能力的起點……。

我在學著讓自己適合婚姻生活。但其中有個空隙，那個空隙

就是「生之厭煩」，我在這個「生之厭煩」煎熬底下反覆必須翻轉身體，就是「翻轉身體」這個動作常使我覺得喘不過氣來，把我生活的其他東西壓垮了，任何部分也無法向前運作。而婚姻生活供給「翻轉身體」的空間大小，或說迴轉空間很大，但離不開特定的架構，無法自我解散。彷彿要慢慢將我勒死。

面對「生之厭煩」我到底有什麼辦法呢？怎麼「翻轉身體」都轉不過來，真是苦悶。這苦悶阻止了我的創造力，長久以來衝撞不出去，我知道自己的創作生命被困住了。要怎麼「解放」我的創造力呢？

怎麼安置K呢？她又激發我最底層的騷亂，早期愛欲的記憶。我沒辦法在現實裡安置她，只能在想像之中。愛欲幾乎為創作之母，我想自己需要來一次大跳躍，愛欲的跳躍，只有這樣才能跳躍過我的創作的難關吧。或許，緘默，一切唯有緘默可以蘊積能量，在這樣的能量中我可以創作。其實，我需要滾燙的愛欲。

再準備另一場百米賽跑，衝刺吧。我必須把全部的阻礙都推開，掃除盡淨，把正常和非正常分開。壓搾我的非正常，把我的狂亂找出來，膨脹那份想像中的愛欲，驅策它去完成創作的後半部。這就是解決創作瓶頸之道。叫「內部狂亂」。

十一月二十八日

我為什麼如此「墮落」？因為「墮落」的聲音在拉著我嗎？似乎走到哪裡，「墮落」的聲音都在拉扯我。過去我常想自己到底能「墮落」到什麼地步？我曾從最好的狀況，也把自己發動到一個最適合過正常生活的樣子，但我一直在與「墮落」的聲音掙扎。隔了一陣子還是敗了下來。生活本身太艱困，時間本身太艱困，要去面對生活中的每一刻時間是非常沉重的負擔。時間本身就是可怕的惡魔。要驅使它要付出很大的代價。敗下來了，就是逃避時間。

這段時間，我不過是在與時間搏鬥。這樣的搏鬥終止時，我就只有成為植物人一途。在面對時間上，我有大大的挫折感。為什麼受到挫折就全部敗下來了呢？難道我沒辦法面對並非全部的時間均可以為我所駕馭？生活的厭倦，我在生活之中所建立的制度，這樣的制度雖供我安定，卻似我在忍受它們，我天性中有另一股破壞因子在催著我流出這股勢力外，它叫我不要忍受某種束縛。在這種束縛裡沒有生機，沒有愛欲，沒有深刻的感受，沒有變化，我的生命像死水一般，活活被時間拓死。

當我的生命是黑水時，就可以在精神裡任意橫流。這似乎是我生命最終的基態。若要把我的意志形成客觀現實，需要強大的「欲望」作支撐始能形成動力。

如果沒有愛欲，沒有悲劇感，有辦法推動我自己去創作嗎？

如今的我對人生還有什麼欲望嗎？

十一月二十九日

關於K。我得把對於她的愛慾放下，甚至是埋在很深的地方。這份愛慾在現實裡絕對不得安置，我也不要她在現實裡愛我，她給我的愛不夠，傷害絕對會更大。可是我愛她這個人，我要她活下去，她活下去之於我的生命意義很重要，她是唯一一個能在人性和藝術根源層次我對話的人，我想保有她如同保有我生命的形上部分一樣。這份愛慾可以作用在使她活著，我懂得在形上層次如何愛她，我有辦法讓她活下去。所以也並不能完全放下，因為我自己也需要在形上的愛慾擁有想像空間。那份愛慾要收得很緊，壓到現實的最底層，盡量少去使用除非為救她，平日放出來只是平添我的混亂，那樣的混亂除非我需要混亂，否則沒有意義。

關於F。不知不覺間，我在濫用她的無限付出，我在做和過去別人對我所做一樣的事。也許就是因為她對我無限付出，使我忘情，這一切都是因我太仗恃她一定會愛我。這樣的忘情不是過去我所最討厭的嗎？我在她面前退化成小孩，她所供給我的太充足，幾乎是有求必應，使我可以放心地退化成小孩，且是不負責任的小孩。我不能如此，這等於是自取滅亡。婚姻制度，我必須付起起碼的責任。起碼，我要打起精神過活。

關於「墮落」。這一陣子我一步步邁向建設性生活，逐漸規畫我生活的制度。但這樣的制度似乎具有某種封閉性，我不知道封閉性到底如何形成的，也不知道化解封閉性的方法是什麼。但是相對於突破這種封閉性的窒息感，我只有「墮

落」了。我知道自己如果不鍛鍊好建設性的生活制度，恐怕
接著不管我做什麼事：工作、留學、搞活動或創作都做不
好。如此的生活能力是最基本的。

我知道我的生命仍然想流動，但流動是什麼呢？安定是我自
己未來的，我也跟自己說必須接受幾年安定生活的訓練，這
樣的訓練是我生命所必須的。但我必須忍受不流動，或在安
定之中尋找流動的方法。凡事要忍耐吧，即使我的生命變形
我仍要堅持創作。

十二月四日

我現在好幸福，積聚了七年不幸與悲慘終於開花結果。如今我幾乎是在各方面上得到自己所要的生活——有個100％愛我的女人，有一個我所喜愛的生活環境和想擁有的設備，經濟獨立，有足夠的時間自由閱讀和創作，有一個在生活上互相照應的好姝妹，有另一個彼此了解很深的知己。然後我讓自己去盡情思考我所要有的生命態度和生活方向，並且鍛鍊自己的人格使各種病態逐漸改善。這是一個精簡卻完備的生活體系。

一切似乎都很落實，這就是我的大綠洲。我得好好利用這片綠洲使自己的能量「上提」，去完成我這一生想完成的事：經歷、創作和愛。

十二月八日

似乎是結束我的小說走出社會的時候。

和亮談一談，發現我和Ｆ之間的問題似乎很嚴重。只要我繼續無精打采和常生病，作息不規律，我和她共同生活就不可能。她會處在嚴重的衝突和不滿足之中。寫作，似乎是使我破壞這份共同生活，它使我必須常常為了配合寫作動力而變更作息，強迫自己寫作帶給自己很多痛苦，做不到強制要求的許多痛苦。這些痛苦都堆積在我的生活裡壓迫著我。

為什麼要帶給自己這樣的壓迫和痛苦呢？如果沒有這些，是不是能過著有目標（寫作）且喜歡活著的生活呢？

我發現最根本的問題是與自己相處的方式不對，奧修說的「不要譴責自己」。喜歡活著是最重要的，其次是保有我和Ｆ共同生活的幸福，再來才能做好創作的目標。

和亮談讓得的啟示：（１）我和她需建立更深的信任，那麼我的生病就比較能為她所接納。（２）是因為我存著依賴她的心，所以跟她同住就會像啃骨症。（３）溝通不是全靠語言，也可藉非語言打破語言的障礙。（４）在我與人共同生活還不及格之前，兩人最好隔開空間相處。

愛情不是我所要的，一份共同生活才是。

再來的進步，就是承擔更大的責任而改變生病的體質。

十二月十三日

該安排下一階段的生活方式了，這個階段該告一段落了。這個階段像是一段自我改革的歷程。改革知覺狀態、生活方式、生命態度。這種自我改革成效如何呢？知覺狀態起碼是徹底改變了。生活方式呈散形但有一堅固的基本結構（工作—婚姻—煙—閱讀—寫作），生命態度慢慢瓦解許多堅固的信念而更自由。

這其中，生命態度和生活方式仍要辯證，我相信如果我的生命態度轉到一個沒有自我改害的自由點，我的生活方式才會靈活起來。

在三十歲以前起碼得完成創作的實踐、家庭、語言能力，現實閱歷的完整性這些目標。因為起碼到目前為止這是我認為對我核心重要的東西，有了這幾樣配備我才能真正走上三十歲以後「獨立向社會發話」的漫長旅程。這條漫長的旅程就是我所向自己承諾的人生內容，我將在我所選定的這條旅程上傾注和表現我自己的生命力。

眼前，我試著在一個較穩定而完整的人格結構之上，先具體地整合創作和家庭兩件事，把我內部的行動力聚集起來，面對每日生活和物質社會的責任，並且深入解放自己原有的生命態度，重新探索只適合我個人的生活價值和行動方式，嘗試試圖定下個階段作為成年期起點的方向，規畫出一套自我依據的內在精神信仰，這套信仰是要在現實裡實際生活並面對責任的。我已不再純然年輕，我得在實際的自我之中縫合大部分的破碎與深淵，我所要面對的課題是拿出一個完整的我，隨時保持可以聚集能量作功的我，迎向社會和獨立的責任。

1992/

一月一日

八十一年了，我已經進入二十三歲。這個年齡應該是確立目標積極向前的時刻，我怎麼還在這裡像大海中靜止的小船？而我的這個目標能多高呢？我脫離教育制度已多年，都是由於對科學的關係，我在語文上有天賦有熱情，無法抗拒這樣的召喚，我想要去從事的是關於藝術的工作。這樣的目標有錯嗎？在這個時代是一個好且適合我的目標嗎？

生活就是這樣，帶著一些厭煩和困惑，邊走邊摸索。如果不是厭煩和困惑就會是痛苦和虛無、無邊無際的，但，一定這樣嗎？在我這樣的心理年齡，我不願浪費精力在愛情爭逐、虛無情緒和生活漂浮上。我要的是穩定的家庭生活，知識的增長和創作的成就上。所以關於過去愛欲和性別的關心主題，現在已經必須略而不管。我不是為了生活的變化而活著的。我是要先活著而去創作的，還沒有任何一樣東西是如同創作可以引起我衝力會讓我更感到激動而興奮的，所以我說要奉獻給創作，這樣的一句話就是我的核心，想到就淚眼模糊。

維持我原初的夢想，一條創作路線在我眼前等待我，那就是我此生的意義總結。我不會有更多的意義，多出來的都是為了豐富創作。作為一個獻身藝術的人，我無論如何不會放棄創作的。我發誓。

我還有什麼別的可能呢？我可能成為一個學者，一個傳播媒體工作者，或是一個醫療體系帶動者，也許是一個組織人才的藝術活動推動者，但這些能彌補我在創作上渴望的挫折嗎？

我不是沒深愛過，但那些在我個人的歷史上不再重要，它們

已失去舞台。我所深愛過的人在這個世界上都有一個我無權置喙的安全位置。我知道我可以在心裡放下它們，不再讓它們折磨著我的心靈。我的心靈可以被釋自由，去完成我生命該完成的任務。愛，從此在我生命裡不再是最重要的，我能愛別人，但不是一定得愛。

但是我能孤獨嗎？我能主要因為懼怕孤獨而留住一個女人嗎？我們對生活本身期待太多。生活像是一個令人失望的大圈套大空洞，我們經常得繞過生活本身的空洞性，去完成少數的任務、行動和愛。沒辦法逃離生活這個大空無。永遠沒辦法。為了跳躍這個大空無，只有依靠愛和創作這兩個東西。但是創作所帶來長遠的光熱和愛的立即溫度之間我無法取捨，唯一我一直深深明白的是獨自生活的困難。我必須承認我已失去那種勇氣。曾經那是我最堅強的堡壘。理論上，人不能為孤獨而需要一個人，那是不純粹的愛，不是面對內心時誠實的召喚。但在現實之中，難道那不是一種在此刻我的現實之內被允許的愛嗎？因為這樣我沒有表現出愛嗎？

想到我可能又要開始過起孤獨的生活，像被抽掉一張硬紙片，從淺短的深度我又掉進深邃汪洋那種恐懼感，而就是這淺短的深度使我有受阻的窒息感。我向內自我意識的通道被堵塞住，我的自我說話系統不能呼吸。似乎必須為了婚姻生活放棄我的自我說話。這兩者如果勢必衝突，我無法作選擇。冒險對我是恐怖的。

面對婚姻的危機，我最後還是只有兩項法寶，就是誠實和面對後果負起責任。但是到目前為止我活在世上覺得比較可靠的兩個方法。我必須準備好要孤獨，並且思考清楚這個婚姻對我的意義。總之，搞清楚我在幹什麼，以及以後要怎麼辦。

一月六日

再這麼下去，總會把我的行動力和意識自主都耗光。生活的表面架構都好，且非常好。但我就是陷於一場持續多年的意識旋暴之中，在「醒」與「睡」之間爭鬥與陷溺。我始終沒辦法要自己醒或睡，我只有被迫地醒，剩下的全是無抵抗的被睡所統治的疆域。而我所想要「自主的醒」其褐望堅持的程度就成了我痛苦的指標。最後我檢討這痛苦本身的必要性，放任自己不再有任何堅持，竟然喪失行動力和意識自主，既早已放棄失去感受力和內在的精神深度變化，更無外在的精神行動工作壓力，社交生活也自動完全放棄，於是我在精神上的創作力完全停止。生活只有機械化地工作承擔家庭責任，之外就急於奔向睡。我現今的深層存在似乎是靠著在睡眠中維持，我懂了，我真正的深層活動就只能也只有保存在睡眠中進行，這就是「昏睡」的功能。所以，我是如此厭煩想睡我這個階段的形態。生命的核心整個浸泡在睡眠之中，過去是因醒時關於核心的痛苦滿溢盛載不了，只有逃避到睡眠裡；如今則是取消醒時核心部分的運作，以保證醒時可以符合正常生活的規範，而把核心用睡眠保護起來，暫時包裹收藏起來。

問題變成——為什麼「不自主的睡」比「自主的醒」更重要，或說為什不在「自主的醒」之中進行深層活動？我相信這才是關鍵所在。牽涉到寫作的停頓和婚姻衝突兩大問題。

這段日子我逐漸傾向認為我已失去「深層活動」，因為過去形成我深層活動的心理基礎似乎已化去，我的基本衝突、在感情上的悲傷挫折、孤獨混亂的生活這些所形成的精神叢，如今再也造不成動能。我不但失去動能，也失去對象、內容，甚至失去進行深層活動的自由。這深層活動所在我本身

產生的內容，或許不是直接有利於寫作，但發動的「動能」卻是造成寫作行為的主體。

婚姻生活和深層活動之間，在我的使用造成遮蔽效應。如果要拿開遮蔽效應，唯有讓我的婚姻取代從前的心理基礎，擔任深層活動之「動能」的角色。遮蔽效應，是因為我在內心無意識地決定要以遮蔽深層活動的樣子面對婚姻，不但展現給老婆看的是沒有內在活動的我，我也努力將自己的心靈表現在她可以理解的範圍內，長久下來，由於兩人相處的時間已取代過去孤獨的時間，超出她理解的部分自動割除，又少自己運作，於是超出兩人世界可表現的部分若非慢慢退化，不然就是一旦活躍就會造成婚姻摩擦於是隱入非法區域。最後可以說我暗自下定決心，為了鞏固婚姻的安全而全面放棄我過去的心理主題、情緒記憶財產，放棄對我的精神重要的人物，以及與社會精神互動的活動，這個「放棄」就使我中斷與自己說話的管道，我沒有跟自己說話的主題，我跟自己說話的傳統主題與內在環境，現在已銜接不上，逐漸地恐怕要失去跟自己說話的習慣。

我「悲傷的心理年代」確實已告一段落，很清楚地，另一個時代已全新地展開，我的靈魂接近全然的空白。除非我重新看待寫作這件事，重新安置創作的動能，尋找自我說話的新座標，並且換一種態度詮釋婚姻，使婚姻與創作的動能是結合的，而不是分裂的。否則這種婚姻與寫作的抗拒現象會持續惡化，而睡眠還是它們唯一和解的場所。

一月十一日

K，三天前從你那裡回來，把關於我們最後一段歷史資料詮釋一遍，我說我將有長長一段時間不去看你，彷彿把我們之間感情的棺材合上。這是離開你的表示，我把你放下來了，這是我丟掉我生命中最後一部分關於美好的感情。啊，美好的感情。我幾乎已完全失去它們，它們曾在我生命中占據著什麼樣的地位。

很多重要的女人走進我生命的舞台，又相繼消失了，我明白任何挽留的努力都是徒然的，該消失的就一定會消失。如今，舞台彷彿一片漆黑，只剩我獨自垂首坐在上面。在每個階段，都顛倒黑白出現如此重要的女人，帶給我某段使我更成熟的生命，但在這個階段終了，這個女人總會從我生命中離開，我再也辨認不出她對我的意義。這樣的過程我無法阻擋，曾經阻擋過幾次，是把那意義的消失拖延了，但那種拖延是種假象，相應於某種心理上的需求，且由於沒有實質地在關係裡，只是一種單方面需要的幻覺。一旦需求被取代，單方面的幻覺就消失，於是意義完全掉落。我學會了不去拖延，如此意義的存在較真實地自然，有就是有，沒有就是沒有。

我從來不曾明白我在你心中真正是什麼東西，如同過去的例子，我再也不想知道，連同你對我的意義一起遺留給你好了。你曾經給我一些關於女人美好的想像，在那些片斷我確實是深愛著你的，但同時也因無法介入你的生命而痛苦。我們之間就是這樣，我們有結構的限制，如今這樣就是我們關係的極限了。宿命的結構，在現實中已喪失土壤的，逐漸虛弱的想像力。

美好的感情逐漸流失它自己的土壤。我對你不再存有現實裡的幻想，只能說你是我所見女人美的一種典型，也許我再也遇不到這樣的典型，美是沒有實用性的，與現實無關的美，我不可能在現實裡占有這樣的美。只能把這樣的美收藏在我心中，它是我朝向人生的能量基礎，一個瀕死前絕美的幻覺，在生命的根底畢竟這是極寶貴的。

我如今就要把我對你的感情收到我心底，完整地收起來，我想要再把自己聚合成一個完整的人完整的心，把我寄放在你那裡的東西收回我心底，真正告別我在心裡依戀你而活的時代，我必須獨自走向前。

你能明白嗎？只是收起來。我並不用刻意阻斷我對你的感情之流，我一直讓它自然流現，也準備繼續如此，但它自然地不需再於現實裡激流了，它自然地流進我心底，像是一種自然的回歸。我只是自然地在感情上恢復完整起來，我把關於你的缺口圓起來，缺口慢慢不流向對外在你的渴求，渴求流回我自身，流啊流，流進心深處的沙漠而枯竭、止息。於是，由於是自然流現，只是渴求止息了，並非隔絕我對你的感受力和相應力，我仍然將憑著自然去想應和感受你，在未來可能的遇合中。所以，不會有強迫的隔絕，也不會有強迫的渴求，我將不再因渴求和依戀而遇見你，然而卻會有非常自然的感情和意義流現。這是我的成長有別於從前歷史的離開。

我沒有激情，甚至不能上前去擁抱你，這在我是自然的流失。雖然在我精神裡還殘留著對你激情記憶和想像，但也將慢慢薄弱喪失。有些關於過去記憶的片斷我明白我也很快地要完全失去，這是我最捨不得的，它們是屬於我生命中美好的主要部分……。我能說什麼呢？說我好想還遲遲地離開你，

到一個不再與你有關的地方，而我仍能保有我滿滿的悲傷，
像《鶴鳥詢歯》裡說的——祝你健康幸福。

而，我一定還會擁有我的感受力的。

一月二十七日

處理自己的生活世界本身，就是一個小說家首要的職責。這個世界是以人為主，表達人所遭遇的，而對這個所遭遇本身的反省、跟隨、賦予意義。然後處置自身，所形成的書寫世界就是小說所負載的。我身為一個中文小說創作者，喪失或或者沒有承傳的論述傳統，基本上我所能接觸到的論述系統，都不是我能自然地根植其中。無論是就我的中文符號系統本身，或是經驗的現實世界，都是與西方的論述系統不銜接的，除非我親身地在某個西方的論述環境下接受浸養，否則我只能從我自身出發去形成書寫系統。我的對象就是我知覺到的以及可能知覺到的範圍，我去清晰化這知覺，並嘗試用中文的文字符號表達知覺。所以，這當中有兩個問題。一個是知覺的對象，另一個是符號系統，這兩個是最切身關於小說家的。隨著已在的書寫教養，知覺範圍自動篩選進可表達這些「活化符號」，再由慣性所確認的「符號意義系統」將這些「活化符號」安排組織。從（知覺—活化符號—符號意義系統—作品）這系列的進行主要要有「寫作幫浦」作為推動力，而除了反省「符號意義系統」的構成以外。

一月十日

怎樣過生活仍然是我生命的核心問題。回員林尋找我的根，這個根是我活在這個世間信任之所在，也是我被生成的地方。回來同父母住，主要是回來與我的根接上，試圖深深地信任這個世界，不再如有斷崖在後，只能像倉皇的盲人一樣，向前奔跑，恐懼回頭。

必須不斷地活動，不能靜待虛無吞沒，這就是人生真諦。宗教、藝術、工作、與人接觸、運動、閱讀、所愛之人，這都是讓生命滋養的方法，而這些與世界交往的方式都必須「內化」才能發生真正的關係，所以不能有強迫、不能有虛榮。或許如今我是比較接近真誠，減輕了許多目的性，這目的性可能就是我在做任何事，做任何選擇時的負擔，也是生命態度上長久恆反的一把利刃。

我想遠離功利主義那一套，做任何事都能自然而發自然而止，生活得像遊戲般生趣昂然。生命的此時此刻就值得享受，就能驚奇與純真，無需等待，這才是我從層層強制性生活中解脫出來後真正想要的生命態度。

又是一年的開始，一九九二年，我仍在改變中。

二月十三日

寫小說、求職、學開車，這三件事攪在一起，使我有一種不知所措的惶恐。我似乎很難照自己的意志面對世界。我變得相當軟弱膽怯，我害怕接觸新事物面對新的人，我似乎已習慣於縮在家人的保護圈裡，隨便探出頭去都能令我心神不寧。

非常害怕不能專心寫小說，到現在還不能評估自己寫作所需要的條件。完全放手來寫，怕為期過長，自己不能忍受其中的封閉性和孤單性，最後又導致自我放逐。雜事在身，又怕有心理負擔影響能專心創作的輕鬆感，再度粉碎創作的時機。然而，我能不能利用這些條件化為有利的？

我像是一個全新的人，用舊的統治自己的方式似乎已指揮不動自己。老實說我並不真的了解現在的我，什麼時候這個人會有什麼反應，要如何帶領自己到一個較好的處理，我也不知道。我的感覺系統也似乎是一片空，所有感情感受的儲款也像是要從零開始。老實說，我變得沒有感覺、沒有感情，甚至沒有自我意識，我對所有過去的記憶、人物、事物似乎都失去關連，我似乎退回放鬆被動的嬰兒狀態，且是無感受性的。

三月六日

距離上一次記日記的時間，之間三個禮拜我完成小說〈鱷魚備忘錄〉的最後四萬字，在員林住了整整五個禮拜，明晨又將再赴台北，展開新的工作生涯。一切爭戰記憶歸零又要開始輪轉。

這幾個禮拜我心中除記掛小說外幾乎沒任何沉澱，與我的周圍環境處於難得的和諧中，彷彿和我的童年再接合起來。然而是更沒負擔的接合。在這樣的片刻我想自己是回歸到那個深藏在我心中多年的家，找到爸爸、媽媽、手足，回歸點以及童年的住處。自然而然活著的感覺就在我整個人上下，這樣的「自然而然」真是太好。太感謝了，走了這麼久，終於又走回到家了。什麼都好，簡單平易樸實自然的便是好的，我能轉到這裡來，所有的東西都溶成一片，不再有什麼彼此不相容或歧笑的，真是神讚般令我無言以對，唯有靜靜懷想仰望上蒼。

OSHO對我的疏通居功最大，F作為我對照的白板，日記更是打開原先生活的可能性，以及在這樣的時機回家長住與親人相處，把我還轉到最沒成見的時候，放回原處……且這次的放回原處，可說是更自然的一個人回來了，對於我的根源所在可以不戴任何「扭曲鏡」，是一個懂得「不壓抑」的自然人回來，且能與所愛的人保持適當距離，有一個中間的我自然地在那兒觀看他們做我自己的行動，能這麼自然地放回原處，我覺得是我生命中的一個高峰。

至於未來，我想皈依OSHO，無論有無形式，我自覺在OSHO這般觀看生命的光流中，我活得有史以來最自在，然而我仍然不懂得要如何處理我這一世的俗世生活，至高的道理是記得了，但是「俗世生活」仍在流轉著，如何像這幾個禮拜的樣子在我的「俗世生活」裡運行，我尚未貼到一個如此自在的點，像OSHO所說的可以「穿入瀑布適應水流而又順水飛出」的身體。「俗世生活」在我眼前，彷彿排好一整排木樁，讓我一塊塊木樁翻轉過來，一路上要不斷問我「你要什麼」，一切都是不能後悔的，因為拿完最後一塊，死亡就等在那裡。

三月九日

今天要第一天去上班，我要趕緊做好這一年的準備。一到台北來，我就騎著摩托車到處跑，去看朋友。台北的氣氛真的和我在員林不同，空間感狹窄，時間感緊促，人與人的關係都覺者，一切都覺得分割壓迫，工作、作息、關係都需要計算預演，我完全不能清心寡欲，我擔心我好不容易掙得的喜樂感又要堵塞。

工作，我得好好利用這份工作訓練自己的生活能力，藉這一年全面接上英文的閱讀，學習一套活創作的工作方式，並且把現實的視野打開。

眼前，我盡量保持在員林的心境看人事物，一板一眼紮紮實實地做事。讀書和創作的胃口暫停，像做高架橋般把目標放在「應用」的東西上，再把讀書和創作架到更高的層次。

四月一日

工作整整三個禮拜，直到剛剛把「政治小說」的主文寫完，我高度的心理壓力才掉落下來。比較可以掌握《新新聞》要的是什麼。

這樣高度戰鬥性的生活，過了三個禮拜，幾乎把我全部的心理層次的東西都磨光。我過著像戰鬥機器般的生活，除了壓力、緊張、挫折之外沒有別的感覺。感受性完全麻木，心靈完全沒有別的滋潤。乾澀無味。今天寫完那個無聊膚淺的政治小說報導體之後，覺得非常空虛，彷彿我心裡也沒什麼精神糧食可以咀嚼。我沒什麼好在心裡想的，且我似乎也沒有別的欲望。我是怎麼了，連跟自己說話似乎也沒必要。

我依靠著過去生產出來的價值在生活、創作、家人、F、K、妹妹，再加上追求知識、學習語言這些「出國夢」統馭下的自我要求，完全是舊有的東西在撐住我。我藉對這些親人的愛，對知識語言的追求促迫，以及對創作的唯一欲望在在活著，為了這些我進入工作生涯。接受磨鍊，並且過著現在這麻木的生活。

我到底為了什麼而去工作？為了小說，為了閱歷人生，為了更進入生命，為了成為更成熟的人，為了可以承擔起更重大的擔子，可以更負責任更意志堅強，為了可以更了解我所在的這塊土地，為了可以更有能力去愛我所愛的人，以及朝向出國、小說創作、拍電影這類更龐大的目標工程。

南方朔說「記者同時也要是一個成熟的人」，我要成熟、要負責任、要有意志地完成說做的事、要更愛人、要與世界建立更深的關係。要幽默。還要有想像力和感受性。

四月十三日

到底為什麼這麼低潮？一種對工作生活、對工作環境本身的反抗，這種反抗最後只得以「生病」的方式呈現出來。

深深地愛，沒有深深地愛著什麼？K已經把我放進某個意義範圍，我和她的關係已經固定在一定的距離，跳躍向前或向後，都不是我能做或想做的事。再深再重的愛也都逃不掉灰飛煙滅的命運。眼前的生活沒什麼好不滿的，工作的挫折痛苦不算什麼痛苦，這種痛苦比起心靈上的痛苦是一點都不算什麼的。然而相較於過去長長痛苦黑暗的走道，這樣淺航的生活反倒有「不幸」的意味。過去強且痛苦地愛人的幸福，如今像另一襲陰影，很多美好的事情都不再返了。愛情的顫抖、敏銳的生命觸覺，這些都失去了。

之於現在的生活，我就沒有銳利的觀察，我完全不知道生活的面貌是如何，我完全不知道我所愛的人是如何在呼吸著，他們好嗎？我甚至不知道自己在形成什麼樣的血肉，我的人被導向什麼方向？完全是像一個工作機器般地活著。在知性、感性上我幾乎是沒有成長的，唯一成長的就是對現象的知的進入。

愛、感覺、感動、痛苦，這些都隨著節奏緊張的生活逸失了。似乎唯有工作上的成就是唯一生存的法則，當然這樣的生活方式對我是很好的鍛鍊，我自認極欠缺這方面的訓練。而這方面的訓練將持續一整年，在這一整年中，我得更努力，維持好的生活品質。

愈來愈沒有美好的感覺，美好的感覺是像早初去工作時，呼吸空氣都覺得幸福，這樣的幸福主要是來自人與人彼此充滿

愛的對待，以及對生命美好深深的信任。然而工作的環境給我的是愈來愈冷漠的感受，在冷漠中一切都逐漸窒息，對於美好、人與人相愛的期待徹底落空。這就是我「反抗」的根本原因，一個月來為工作拚命，結果只是虛空和厭倦。

能怎麼辦呢？放棄對工作環境的期待，半年後再以工作的成果取得工作環境中更大的信任，那時才有調整姿態的籌碼。生活上要慢慢地建立起一套穩定的作息表，以及工作上每一步準確的動作。然後再擴大生活的空間。

四月十五日

愛默生說人生四件快樂的事：（1）早晨新鮮的空氣。（2）別人對你的愛。（3）放棄所有的野心。（4）創造。如今我就因（3）的野心享受不到其他三項快樂。

美好，生命美好的感覺，在哪裡呢？內省。失去內省的空間，許多人事物都壓縮進極平面的架構，我變成一個無人性的人。我的心並不特別著情著什麼，極平庸極粗糙極乾冷的一顆心，完全失去自尊的重量感，我並不特別覺得別人會以美好待我或給我我所需要的愛。

只有F是真的愛我，她是惟一值得我去珍惜的人，然而我在內心深處對她的愛有問題，我不被她的眼淚、痛苦所感動，我對她的心靈沒有了解的動力，一切都是機械式的感情。她說我只有在開始的兩個禮拜愛過她，不無道理。

從小到大，我真的得到我夢寐以求的愛情，這樣的愛情出現後，我的人生對愛情沒有新的想像。人與人能如此已經是最美好的愛情了。但是我做不好去愛這個人這件事，我太習慣於被她愛、被她照顧了，當我必須去愛她、照顧她時，她這個人對我竟是如此陌生，我沒有自然而發的感情，我只是遠遠地看著她。

人與人之間的溫柔、相愛，以及這一切的意義。這是我從小到大就覺得生命該是如此的。

四月十七日

四月份要結束了，工作也近兩個月。唉，我到底變成什麼樣，面目恐懼全已模糊，我自己都不忍卒睹。

兩個月了，我之於我在工作裡的角色到底該如何扮演，實在掌握不到。做一個記者，什麼場合該去該在場，什麼消息該注意，什麼題目可以做，該用什麼方法獲得全方位消息，該怎麼去與政治人物交談交往，該怎麼安排一個禮拜的工作進度，該怎麼與政治人物建立更深的內幕關係，該怎麼設計問題切入題目，該怎麼把採訪到的內容編織成豐映的報導，一個題目該找什麼人談，過去關於這方面題目的歷史如何……等等這些問題，每個都足以使我挫折，每個步驟我都掌握不到。

最大的困難恐怕是我的性格對於與這些政治人物建立關係沒有動機，去探討一個政治現象沒有強烈的企圖心。這些都使我深深地痛苦著，對於我所完成的文章沒有成就感，每個禮拜只求結束它可以獲得時間上的自由。

然而工作不正是這樣嗎？不可能要求做的事完全是自己所感興趣的，只能去做去做再去做，這個工作之外的我能做的其他工作，製作節目，心理治療，教書，這些難道沒有討厭的成分，沒有無法投入的痛苦嗎？工作的世界，這主要就是要去克服的，把個人最終極關懷的拿開，該做的事就全心全力去做，否則光認同問題就足以把我逼死，不可能生存下去的。

如何在一個工作環境生存下去，就是工作倫理。

這是進入成人世界的痛苦，這是成熟化的痛苦，適應這個社會的「矯正」歷程，符合一個工作設計的迴路，全部的生活必須嵌入這個迴路，否則就是要被排出社會。

繼續待在這個工作，主要的財富是：我想了解台灣的企圖心，對於探討一個現實現象本身所負載的意義潛能，設計主題式的寫作對我所開展的創造空間，對於台灣現實的了解，這個空間是豐富的寶藏，這個工作所將訓練我的是一套我的寫作所需要的行動模式及裝備更鎮密的生活方式，這個機構的自由上班制度，以及這裡優秀的人才。

四月二十八日

只有用這種方式來叫自己頭腦清醒一點，每天起碼跟自己說個半小時的話，否則這樣活著太混亂也太可怕了。

F的眼睛二度被割傷，午夜回到家摩托車壞了，送F去看病，隔天七點多要再帶她去看病，送摩托車去修理，十點開社務會議，下午要去醫院採訪，和李醫師談，這就是我明天的行程。我是這樣在過我的一天，這樣的一天對我到底有什麼意思。生命是如此地在運轉，這就是存在存在裡嗎？

之於我以前生活所鑽進的方向，顯然我現在似乎處在一個生命機器停止運轉的時候，每日的時間不再有如此集中的意義，時間不是自為，而是為他的，一切的意義都是隔著很遙遠的距離而產生的，過去所積累的龐大生命意義系統，如今轉了個方向。

這種生活方式或許更是生命底層的東西，關懷、關懷，它所接觸到的是實際的人、事、現象、景物，迷人嗎？相當迷

人，但是我要如何把原本的我置入這樣的新生活材料中呢？
「還原到人性的角度」，對待身邊的人、事、現象、景物，
我不能麻木，要有感受。一個作家如果沒有感受就死了，無
論如何都是人性，這才是我應站的位置。

時間流過，現象流過，人流過，訊息流過，文字流過，壓力
和焦慮流過，這些之於我到底有什麼意義？我就要過這樣的
生命過一年。

重要的可能都不是這些大量流過的東西，而是在這些「大
量」之中，我能不能每天抓住少的一些東西，能不能被一
句話、一個姿勢、一個影像、一個人所衝擊、打動、影響，
並且愈來愈「善待」這些大量流過的東西，就彷彿手伸進流
沙裡出來後能抓住砂金，而在接受這些東西大量流過的過程
中，我能不能活化更大對我生命有意義的區域，並且打到更
莊嚴的某種東西，使我更了解其他人類，在此之中更成熟？

五月三日

我曾經這麼幻想過，我有個很大的空間，有個像F這樣的好老婆，有一份收入不錯的職業，可以盡情地吸收美術音樂等藝術養分，有與人豐富的接觸機會，並且能夠閱讀與創作。我有個好老婆，記者這份工作也提供我接觸更多人生百態，它的薪水我已滿意，然而我卻沒有生活在我想像中的安穩幸福裡。

我要開始寫《我的F》這本書。這本書所要處理的是我現在的生活情調，並編織我現在的生活材料，解決「生命深層的追尋」與「安全家的召喚」兩者之衝突，以非常世俗卡通的風格。《我私人的愛荷達》電影可以作為對這種風格的提示。

我不夠用功，生命之所以變得虛浮而痛苦，不是由於家的幸福與安全，而是由於不夠用功。我不夠用功不夠醒覺，現今的生活幾乎是沒什麼愛或痛苦的狂熱能導致我精神上追尋的。精神上追尋，過去我是太肯定這就是我的命運，這其中就是我，如今我只肯定藝術是我所要的。精神上的追尋對我卻猶如廢棄的河道。

不夠用功，所以不夠愛F及我周圍的人，愛不夠充沛不夠強，不夠實踐力去創作小說，去進行閱讀訓練，去更有企圖地工作。這不夠用功是使我生命鬆垮的原因。生命充滿光彩，是人與人間有美好和溫柔，是對生命有深深的信任，及自身能堅實地愛、創造與吸收，最後這一項是我自己要用功的。

訓練自己在工作中面對利刃般迎來的時間之意義，而非麻木感覺地逃避時間。

五月五日

昨晚喝了酒，怎麼又那麼狂亂？抗議這種沒有人性的生活，自己把自己鑿進抹滅自己個人性的生存方式裡，悖反我原來基本的生存需要。

當一個人在他的生活裡無法保有他個人最獨特部分時，慢慢地他的個人性就被磨失，再下去這個人不是麻木化、轉變成另一種存在狀態，就是要想辦法從這種厚繭式的存在裡爆破。

多年來，我如今才看清我賴以維生最底層的東西，真正是愛和創造。這兩種東西被抽走，或功能卡住，我這個人也完蛋掉。該怎麼說呢？說是「個人性」太簡化。人總有維持在最佳狀態的時候，這兩種東西可以讓我保持在最佳狀態，完全沒有，就彷彿生命力被剷除般。

手裡總要創造點什麼，身邊總要有什麼人可以愛和愛我，就是這樣，否則勢必完蛋，「我」會被連根剷起。

而如今我「社會化」的生活，使我愛人的能力幾乎都退縮，更奢談創造？這是最大的危機。怎麼會這樣？我把世界之中與我相關的範圍愈縮愈小，這種強力「無關化」的過程是怎麼開始的？是由於失望，以及不願再對他人說謊、活在虛偽中，我只想跟我可以不用對其說謊、並且也願意主動與我說話的人說話。之於我有意義的人際關係，我將意義圈標在最核心，也是我最想要的。人與人能完全赤裸以待、相愛、溫柔、互相了解並具創造性，那才是我真正需要的人際關係。

除此之外的，過去我嘗試過種種，但都不是我能負責的關係。我明白慢慢地我不是個好朋友。

就是「無關化」使我慢慢變成一個冷酷的人，使我愛人的能力又有問題，並且對人事物沒有感情沒有感受，使我不再將人置於「我之內」，而是將他們置於「我之外」。

這種「無關化」的訓練，最是得力於四年裡的訓練。這一切掠走我對「美好」的想像，只餘對生命的「暴力」。像《聽風的歌》裡，那種飄然逝去的美好的味道，是難以再激起我的佇留，美好的想像本身已被放棄，只有在作品中相見，生活裡唯有放棄。

對理想的放棄，對美好想像的放棄，如此定義生活本身，就是生命的墮落。我確實是在生活上非常自愛，又非常糟蹋自己地在活著。

一想到 F，內心就非常慚愧，她幾乎把全部都給我，但我並沒有好好待她，老天及時賜給我這麼一個純樸善良的女人，使我免於被毀滅，她之待我就是過去我曾祈求千萬遍的。我可說是獲得人生至高的幸福，然而這幸福卻被我糟蹋。

我心裡並沒有愛著什麼，這像是對過去之我的懲罰及報復。我對生活變得嚴肅認真，卻對過去因執著而受傷害的另一些價值任意嘲弄並且放浪形骸，諸如過去深愛的人，無限謙卑，對人主動真誠的能力，及將他人「內在化」……，我似乎想把過去傷害我的東西踩在腳底下。

F是最值得我愛的人，但似乎我並沒有準備好去愛她。我沒有能力愛任何人。

過去對生命很認真，對生活放浪形骸，如今對生活認真，對生命放浪形骸。如今我的本分就是在這份幸福裡經營我的生活，這樣的生活是中產階級的，好好地工作，好好地存錢，好好地與自己的老婆共度剩餘的時間，利用這些錢好好地消費休閒，好好地再為自己累積社會資源，好好地再生產另一些什麼東西。而生命不只是如此的，生命要去衝去流……。

這樣的工作型態使我痛苦，焦慮成為時間的主要負債。活著似乎除了焦慮以及為逃除焦慮所作呈呈栖栖地胡亂奔竄之外，無其他內容。焦慮強占了全部的生活，就是「焦慮」煎熬著我的生活，使一切乾澀枯黑。

如何能停止焦慮呢？我想要開始再讀書寫作，我想要再固定為F作某些事，我想要結交朋友，我想去看海，我想要訂定時刻表，及工作計畫表，我想要有自己的空間，我想再參與其他活動……。

五月九日

聽著Betty Blue的音樂，生命彷彿就是這樣，那種味道，什麼味道呢？極悲極虛無又極浪漫極華麗，那就是我所體驗到的生命情調嗎？今日之我已非過去之我，生命的內容物已流失，空餘軀殼作容器，最低層的生命情調還一樣嗎？

藝術的世界，彷彿才是我生命真正的世界，那裡才有熱情、純粹、理想、人與人間的美好及創造。自從L放棄了我選擇別人後，世界就朝向一個取消理想的方向。我難以評估那四年對我人生種下了什麼惡果，使我明白我對人生勢必要卑躬屈膝嗎？她曾是我生命中極致美好理想的想像，她或許是世間對我最有意義的一個人，再也不會有一個人比她更深地愛過我。然而這樣的愛這樣的理想最終都背棄我，那樣的背棄代表什麼意思？代表我不再去爭取我要不到的東西，即使它再美好。

我把這個人名自我心底完全丟開代表什麼？過去生命內容物全盤的流失，只剩下一些簡單對藝術的渴望。只有對藝術的渴望是最上層的東西，它替換了對真實生命奔流的渴望，生命裡既然不能如此奔流，惟有渴望在藝術中獲得寄存。現實生命之中，只有如何存在下去的問題，到處是充滿妥協色彩，剩下藝術在朦朦朧朧之中召喚我，在幽微曲折的路上。

我的藝術是為了生命奔流，我的生活是為了創作藝術，生活卻不能直接讓生命奔流。小河嚮往流向大海，我的生命在渴望衝向未知領域，這是藝術在呼喚生命，或是生命在呼喚藝術？生命不是原本就這樣嗎？在藝術的世界裡沒有安定，道德這種東西。

在藝術之中我學習到如何是真正的生命。在藝術之中我被教育如何去與自己的生命對話。我也想去呈現給我的同代看什麼是真正的生命。我相信我有此天賦。我也相信這就是我一生所要獻身的。

我的生活啊，全以此為主軸，全部的生活血肉都是要奉獻給創作的。我對藝術的愛，猶如年輕最純潔的愛一般。

工作生活，使我的生活纏繞在雜亂闌無章的垃圾堆中，我完全沒有自我的重心，我沒有動力自我規畫，我無法集中腦力創作。我渾渾噩噩地度日子，錯過許多重要片刻，失去自我，我根本不知道該怎麼辦，怎麼讓自己清醒過來。

我現在在哪裡？

五月十八日

昨晚累得倒頭就睡，彷彿之間聽到自己在哭泣，極輕微不是嚎啕的，我有些驚訝，驚訝自己竟然不知不覺地哭泣了。

Ｆ的事我有新的決定，隱隱約約覺得自己該誠實地面對某種東西，那種東西就是「獨立」，自然照顧自己的生活，自己面對自己未來的生命。關於這部分，在心理精神的層次上，我從過去是負分，慢慢地返回零，如今似乎是很好學走路的時候。沒錯，我該獨立地面對自己現實中的問題，及我未來的前途。

該怎麼說呢？我從來不知道Ｆ在我心目中到底是什麼位置，那似乎是沒有深度沒有著力點，漫散成一片的，甚至我相信我對於我這一段的生活是「無感」的。

「無感」的根本原因是我似乎很難再與別人共有什麼，最深情純粹的，最悲慘悲傷的已經過去了，我與生命之間已達到一種友善的默契，遺留在生命中的小陰霾，小困難，小灰色，小窒息都是友善的，難再激發我的強烈感受。我與別人之間很難再擁有共同深刻的感動。

把自己帶往一個活著較好的可能性，這是我的責任，卻是妥協色彩的，還有忠於自己真實感受的另一端，所謂生命的真實。我現在最多只能過這兩者折衷的生活，然而最後的時刻，「誠實」與「負責」仍是最好的方法。

Ｆ的事，必須朝向一個適合她生活的結構，關係必須有質變。我自己，則要更沉默更清醒更嚴肅。

五月二十五日

與亮談完之後，我才比較清楚眼前的狀況。她說要做「社會邊緣人」，我說要採取「戰鬥的態度」，爭取社會資源。

我的情況與她的情況相像，很多事情遠了近了，朋友遠了理想遠了自由的思想感受遠了，機械化的生活近了貧枯的精神內涵近了資本主義「異化」的生命規格近了。

亮叫我辭職，她說我所承載的工作量遠大於我還能擁有私人精神空間，她說我再繼續工作下去也只是被異化，停頓這一陣子的精神運轉以後要再接上很困難……我們說這是整個社會制度的問題。

這是全部人的困難，可是大家都努力地適應，努力地在這種壓迫底下感覺沒有困難。我們不可能集體解決這種問題。

到底要如何有效地面對這種廣泛的焦慮。除了睡覺以外，不能讓生命是一團糟。

看看大海，看看青草地。一切制度、野心的存在變得多餘且荒謬。人存活在世界上要的東西很少，能有一個人與你互相照顧共同生活，人與人間互相了解相愛，等個人做點什麼以存活下去，然後有大自然，這樣就好了。

工作到底算什麼，到底有什麼意義，人與人間的美好不見了，工作之外的東西呢？人性、人文呢？精神、性靈呢？溫柔了解呢？意義、創造呢？

五月三十一日

《北回歸線》所使用的是屬於真實生命血肉型的小說。這種小說熱情澎湃，就是一顆活生生的心臟在那裡噗噗跳。任何東西都如此飽滿，沒有任何疆界，沒有什麼虛假的操縱和切割。唯有真實，生命深底的真實。文學最珍貴之處難道不是這些嗎，生命的血肉，真摯的感情。

這個世界太寂寞也太冷漠，什麼樣的文章都有，就是沒有談論關於如何活著的東西。文學不就是訴說關於「如何活著」的事。

（寫幾本書，有一個人可以愛）。就是這樣，人生只維繫在這個東西之上。其他的很難使人活下去。除了這是中心以外，似乎什麼都會被剝奪走，等待，只是等待與所愛的人分離，親人死去，朋友消失，金錢與青春隨水流，一樣又一樣的價值空掉為有。

最後沉默，只求什麼都沉默，像一塊黑鉛。一邊在明知毫無意義的社會責任底下穿梭繞道，一邊抓緊自己僅有的現實貨品，另一邊只能將自己的沉默放逐到創作的想像世界裡。

體會到有人對我的愛，體會到我唯一可以愛的對象，幻想有一天可以生活在原野海濱呼吸清新空氣，幻想在小說裡已擁有自然寬廣的我。唯有這些才是最真實最重要的。

解放。禁錮。解放。唯有如此，才能生存。

對死亡的恐懼，對孤獨的恐懼，這些都尚未逼近。愛的分離、痛苦的深淵，這些也剛剛揮走。工作的煩瑣，他人的橫暴，生命被框在七天的時鐘內，這些苦到底為何而來呢？

是不夠堅強、不夠超脫、不夠贏摶嗎？

自我的中心系統萎弱虛歉了，所以輸送不出價值感和自我尊敬的意識嗎？還是愛不夠深，對這個世界難以契入？

現在的我，所為何來？

六月七日

昨天搬離溫州街到金門街，與妹妹分開，正式和 F 在一起，負擔起「成家」的責任，這似乎是我人生中一個重要的里程碑。

不知道怎麼生活下去，總是惶恐無措，跌跌撞撞，只有摒除一切飲望與浪漫理想，「務實」地活下去。對生活不要有任何預期，對工作及人際關係不要有太多感覺太高的期待，面對挫折退出一個距離，迅速解決，強硬處之，一切以「生存下去」為要。

L，昨天我又感覺想要和你說話，不知道為什麼，也許是記憶的鱗片，即著記憶又剝落到這個季節的層次，只想喝修鹽的沙土……那種害怕夜晚天逐漸變黑的感覺，一個人極孤絕的，這樣喘不過氣要窒息的悲慘感……讀《生活在瓶中》的感覺，又想蹧蹋自己逃離生活從時間裡消失，想尖叫吶喊……。

L，距離那個年代已四年，四年代表什麼樣的意義呢？四年能發生多少事呢？四年裡你在我心中的痕記從剛火熱熔上到消散無痕，從熱烈的愛戀之火到空蕩蕩的心囊，我的變化不可不謂不大……。

過去沸騰的愛啊？我已忘了那是什麼滋味，愛之心已化成灰，只剩對爸爸的愛是不朽的，一觸及就淚水飽滿……。

在這些飛蛾撲火的自然年代之後，有Ｆ在等著我，她柔歡又溫暖的眼神懷抱。我領略到太多的自我信仰，意識型態，生命幻象都是空。生命只是給我發現藝術及為實現對它的忠誠所體驗的試煉。最後唯有生存下去生存下去……。

在唯有的生存下去之中，沉默與無限溫柔。只能這樣。這是僅剩的生存原則。

生命的幻象啊。Ｌ和我對彼此都是美麗的幻象。這種美麗幻象的凋落脫離是對世界認識的進化，有太多東西是只在我們腦裡而非具體存在這世界上。我們需要徹底明瞭這類規則。

朋友對我談及她的愛，那樣純潔及充滿幻象的，之於我都太熱烈了，我羨慕他們小孩子的熱情，那樣的愛似乎高貴且充滿想像力……會難以扺止愛上別人，會被美感激發起火藥般愛欲，會因心中深愛著某人而淚暗流不止，這樣的時光已成過去，我活在世間不再企求那樣的「愛」。

我只要創作，深入生命獨特的深層並且表達它，這就是我的目的。

畢業後一年，自己到底在幹嘛，不是很清醒，工作之前還很堅定，工作之後就更渾渾沌沌了，這是為什麼，因為我自由度降低太大，而我根本沒學會在沒自由的情況下仍維持自覺。

一切都聚集到寫作的熱情上，寫作的熱情燃燒著我……。

昨天又狂亂。因為前晚開會時被主管無理怒斥，然後爽F的約，晚歸沒陪她去買裙子。她賭氣不去參加畢業典禮，混亂矛盾著到底要不要辭職。想到朋友所講的我種種過失，就忍不住想放聲大哭。

人與人之間的衝突，成熟到能應付社會上各種人物。被人斥罵能唾面自乾，被人指責威嚇能擋架回去，一切從善如流，爛流浩子，皮厚三千，把自尊置於地底之下，「零受傷」。這樣的生活難道我不好奇，能如此「圓滑」、「麻木」、「強勢」、「狠霸」的我與生活，難道我不想經歷看看，那似乎是一筆財富，令我這個人生流浪的創作者豔羨。成熟，心在淌血就是代價。

要不要再做下去，考驗著我願意對「成熟」付出多大代價。

這個世界賤！溫柔的人它不要，它要的是有能力使「惡」的人，它求的根本是你對它「惡」，而必須學會如此才能存活下去。

六月二十一日

辭職吧，跨出社會的第一步宣告失敗。

然而這一切是不可說的，挫敗得一塌糊塗，如何面對社會並且在其中表現出我來，這是需要學習的。投降了，我挑不起那麼重的擔子，家庭的、工作的，兩邊都一團糟，一團糟的結果只有全部放下來。

到底是什麼東西讓我這麼糟，辦公室，我怕辦公室，怕辦公室裡我所遭遇到人與人間的對待，那種對待的世界讓我無法置入其中，我無法涉入，只有不斷地被排開、挫傷。在這個世界裡，我太容易受傷，彷彿我的心是赤裸的，任人截割踢打，然而我不知道如何保護自己，站在一個如何不被截割踢打的位置，或是當別人要來截割踢打我時，我不知道如何抵擋應戰。我唯有壓縮自己壓縮到爆炸為止，我以卑屈的姿態迎上前，默默地接受任何截割踢打，連揮個不要的手勢也做不出，連個屁也放不出，任何截割踢打默默地搞進肚皮裡，就這麼樣積積截割踢打膨脹精神內壓，這個精神內壓已大到使我痛苦不堪，它壓迫著我使我的心隨時在呻吟痛苦，分分秒秒都想棄械逃走。

還是在猶豫著，不知道要不要辭職。如果再待下來，還是要面對這種呻吟痛苦的生活，焦慮恐懼，賴在床上想逃避，截割踢打的挫敗無助，走與不走的猶豫爭戰，精神內壓外顯造成卑屈地位，問題龐雜形成思考的錯亂，生活和精神還是會造成一團糟。我要付出這樣的代價熬下去嗎？我還有精神能量再支撐我熬下去嗎？

捨不得放棄這個工作，這個工作所向我展示的世界強烈地吸引著我，它使我看到那麼多，這對我自身的成長或未來的創作都是最好的訓練場所，這是我的野心所在，我要有韌性磨下去、爬上去，這關係著我一生的成就與前途。

但是我的這個工作傷害著我的生命及F，真的是傷害著我的生命及F，我甚至要為了這個工作的野心害了F的留學考試，及可能失去F。我要繼續傷害自己的生命嗎？我要冒著這麼大失去所愛的險嗎？這一切值得嗎？

如果再做下去，還是要面臨內憂外患、痛苦呻吟的生活，如果不做了，就要重頭開始規畫自己的生涯，又要從廢墟之中站起來，並且斷送自己在這條路上的前途。

六月二十四日

丟掉一個工作像第一次丟掉ㄟ一樣。

花了多少年才從丟掉ㄟ的挫敗中爬出來，填平那個深深的溝壑。雖然你丟掉一個東西，什麼也不是，算不得什麼，但那傷痕就隱隱刻在心內某一輪皺襞之中，只是五年前和五年後心的柔軟度不同。五年後同樣倒下去，可是心找不到受傷的地方。

六月二十六日

我的問題非常多，若再不覺悟，恐怕就會一敗塗地。

之於生命的挫折、之於畢業後生活的孤寂、之於都市生活的挫折，這些似乎永遠發洩不完，這些似乎永遠都會使我隨時想喊停。

不知道如何繼續下去，失去記者工作對我的意義到底是什麼，我在這個工作中所受到的傷害到底是什麼？我必須先回答這兩個問題，才能再向前走。

我得想想工作所需要增添的裝備，再出發去工作。我得調整我自己許多之後，才有辦法再繼續工作。

寫作，也許只有寫作的熱情能支撐我活下去，歸結到最後，這是我生命所依歸。埋著頭，不看社會，就是寫寫寫寫。

生命的歡愉，到底在哪裡？為什麼不去享受生命的歡愉？只要痛苦，為什麼呢？到底哪裡不對？

爬上去，再利用寫作爬上去，埋頭苦寫，不相信你無法了解世界。生命的挫折正好有助於埋頭苦寫，不管世界。

六月三十日

想到在〈我的朋友阿里薩〉中，從特洛依寫信回來給老B羊的阿里薩，最後的死。人生彷彿就這麼回事。

只拚命趕著向前走，怎麼回事，沒有細緻和溫柔的感受，完全封閉心靈，甚至每天的生活流過去，也沒有任何記錄，彷彿沒有增加什麼可以告訴自己和別人的，完全是一顆死寂的心。

《鶴》裡面說：「人不是屈服於環境或外界的壓力，失敗是來自內在。」

卡繆說：「要分分秒秒對抗虛無的感覺，不斷行動。」

能真正失敗，實在好極了。失敗把生命中每一寸腐肉喚醒。失敗的感覺很真實，再也沒什麼假的東西在支配生命的運轉。

行動行動再行動，除此之外，別無它法。

七月二日

K所勾起我對她愛的記憶像茫茫大海上的一小座孤立冰島，我釣不起這座突然上升的冰島，它又潛入黑沉海底了……。

她總是讓我覺得聳立在眼前又難以觸及。過去我狂熱地愛著她，自我犧牲和壓抑，這就是我的愛的兩大特色，我自認是溫柔又懦弱的人，就是這樣的性格使我在愛她之中受莫大的屈辱。承受過多這樣的屈辱後，離開不愛才能解決痛苦。

如今，我不明白我對她的愛。但，我知道我只能跟她說話，沒有她的了解與共鳴，我甚至沒辦法和自己溝通。更重要的是，我似乎沒有熱情再與人建立這樣的深度關係。

七月十二日

離開。在這個社會裡做什麼？在我的人生裡做什麼？

創作。愛。追尋逝去的時光。

我懷疑自己還可以獲得什麼比現在還多的東西，唯有不斷失去罷了。坐在現在這個點上，到底要追尋什麼呢？時間這麼多，創作與愛都有了，都在眼前，但生命總不夠飽足，就是需要有時間裡的變化表，只為不要窒息而死，必須不斷地追尋變化。而所追尋的，很難賦予其多大的意義，只是為追尋而追尋，終究是失去已經獲得的東西。追求一個未有的東西而失去已有的東西，生命到底該怎麼辦？

什麼才是我該過的生活？為了創作，什麼才是我該過的生活？在找到這套體系之前，我的所作所為只是在成就這套體系罷了。這套體系包括創作的實踐力及方法、安全生活的基本效能、與社會打交道的能力、知道的思考系統、家庭朋友的後盾系統、生命經驗的累進、忍受孤獨的意志力。

我現在的生命狀態到底怎麼了？失去感受力、生命的熱情、深刻愛的能力、回憶的柔軟度、靜坐下來沉思的智慧、甚至基本解決現實問題的意志力。連核心對生命悲傷的感動體也不見了……，那到底還要拿什麼來做一名藝術家？但是生命總要走到這一關的，我預想得到，生命總要走到與創作相吻合的一點的。我勢必得使命一搏的。

生命在最悲傷的最裡面一點腐朽掉了。所有關於美的想像全
都死掉了。孤獨裡什麼也沒有是空。

這樣的生命狀態，是遠離藝術家心靈的。我怎麼能讓自己變
成這樣，在我的生命上到底發生什麼事？到底發生什麼事，
怎麼會變成這樣？

對創作的愛啊，使我免於靈魂的墮落。心繫於此，我相信我
總是會一再地選擇創作的。

我生命所要達到的狀態，是不再用世俗價值與自己計較，擺
脫時間表與成就階梯的束縛，無論我在世俗中是成功是失敗
我都能坦然接受自己，而在我想成長的方向能無懼地盡力
承擔責任，朝向一個目標。碰壁遇到我的極限時我能不傷害自
己，生命之中的種種無能癱瘓都視作自然，之於我所選擇要
過的生活方式無論是離社會多遠我都能勇敢地過下去，而最
後我終能達到做哪件事都一樣做什麼選擇都一樣。並且在那
個年齡我能享受我生命中的每件事，告訴年輕人關於生命的
智慧及藝術的知識，還以真誠、寬厚、溫柔、愛情之心對待
我周圍的人。我將留給人類的禮物則是對生命觀照及靈魂內
省的一套語言發明。然後靜靜地等待死亡的恐懼……。

最早我說，不要浪費時間做自己不喜歡的事，生命隨時會
死。後來我說要面對現實，誠實且負責。現在我說，永遠不
要准許喪失靈魂的美麗與對生命的熱情，即使死亡即將來
到。

七月二十日

終於又有機會和妹妹好好談談了。想起前一陣子工作完全對她冷漠。今天能彼此完全放下心中的牽累，痛痛快快地談一場，彷彿又看到彼此在心中的位置，心裡真是無限感慨。

高中時代送她上火車那一幕，和今晚送她上中興號的一幕完全不一樣，隔了五年，她畢竟已經不一樣了，成熟也堅強了許多。那是兩張臉，這幾年下來，我真的是一路看著她咬緊牙關一路跌跌撞撞上來，勇敢地去面對一個又一個的難題，隨著年齡的成長換上一張又一張的面孔。我都一直默默地陪著她。

這樣的親情，可能最後誰也比不上。而感情的牽絆，正是此刻我最大的弱點，從這裡要切斷，就彷彿是要刨整斷根一般，血肉撕離的。出國，夠不夠堅強，夠不夠獨立，夠不夠成熟？

剩下來的都是最溫存的，像潔白的貝殼般。沒有虛幻不實的，沒有被我自己扭曲誇張的。如今我心中所有的一切都很實在，就像今天這一整天美好的感覺。那種美好的感覺是一切都雨過天青，彼此都可以溫煦地笑著說著說著。

又可以寫日記，又可以跟自己說話。心又溶化一大片，眼淚又像融蠟一樣一顆顆地掉下來了，又能悲憫了。

活在這個世界到底有什麼事可做，就是不懈怠地學習唱歌的

方法，活著就要唱歌給自己給別人聽。而唱歌的方法，安慰人的心靈有許多種途徑，隨處都可以唱安慰人。

總要學習再獨立與更能孤獨，相信這樣我會更成長。總要學會自己照顧自己的，有人這麼說過。不應叫做獨立與孤獨，而是在那不能依靠別人之中，不含一絲怨憎地，再體會清楚原本就沒有擁有什麼，也不會失去什麼，安心地活著這種事。

只要你看到眼前有什麼樣的荒漠，荒漠就在那裡。橫互在我眼前的荒漠就是孤獨之中的無邊虛無。

剛剛姊姊又回電給我，她那樣喜樂響亮的聲音，好久沒聽到，又聽到這種小女孩無憂無慮的聲音，這幾個月來我彷彿才第一次感覺到我還是原來那個我，有血有肉的有感情有熱淚的。痛惜自己怎麼讓自己的心麻痺置冷至此，靈魂的麻痹是最大的罪惡。二十幾年竟讓自己的「生機」，滅絕「生趣」的方向走。而生命竟然是這麼簡單，讓姊姊開心，就值得一切。

明瞭真正的孤獨是要能真正地給予，而不再是依賴我所愛的人。對每一個過去使我受過傷的女人：我早已原諒你，我只是為我沒資格如此說而又必須說而悔恨自慚。

生的勇氣？

七月二十三日

你知道我現在的問題是沒動力做什麼事。除了寫作外我不欲望別的。我已不再在乎我曾有什麼東西了。之於給世的每個東西多少還存點妄想，無法完全拋卻掉，但那些是自然存在勾住我貪戀未來的東西，自己看不見的。

太多太多的生活材料都已乾掉。無論過去、未來或現在，你明白所有所有的生活材料都不過是這些乾掉的木材，真正保存心中的反是那些小說之中的寓言與人物，那些文字裡才儲藏有我今生今世的愛。

而這可憐的寫作的欲望又多麼微渺，只是我心中最大倒映的幻覺。哪天它還是可能打破或隨便消失。死前最美的幻覺。

幾乎不願意再在世界的表面移動一寸，因為任何移動都吸引不了我，我對新的移動沒有新想像力，我認為目前雖然不好，但已是最好了，我不會再得到新東西。唯有從我現在擁有的之中：親人、老婆、寫作、靈魂的覺醒、愛的信仰，慢慢一樣一樣地失去，最後還得我不得不承認自己什麼也沒擁有。這樣描述問題更深刻。我甚至沒力量寫日記。

很久以來只剩下茹毛飲血保存生命的問題，維持生活所必須。我們一直對生命要求太高，不知道這要求本身就是生命最大的受苦。直到要不到我們承認它在我們的生命中是沒有才得到安歇。

我們只剩下的只有把生存從二十幾延長到六十幾歲所需要的，其他都太重丟出去了。至於腦袋還要生出什麼就隨它去了，反正不納入考慮。

失去「生趣」這該如何治？

八月三十日

看完村上春樹最新的長篇《國境之南‧太陽之西》，才像是三年前頓悟到「墳墓」那樣的意象一般，對這兩年畢業後的日子才算通通明白了。那之中的人物事件、場景、姿勢有什麼樣的位置與相關性……，而我第一件想到的事是，我啊，實在是該開始老老實實地為自己記日記了啊。村上春樹寫了那麼多東西，也只有《聽風的歌》、《那威的森林》和這本書是真正有價值，其他的東西都只是泡沫般的存在，然而從《那威的森林》到這本書，我想有八年或十年吧？

一個中年人追尋真實的故事，完全符合目描述我這兩年的變化。突然使我自胸中鳴歌。（或被「顯影」、被「決定」為真實）

十月四日

來巴黎整整一個禮拜，經過諸多的磨難，許多小事的挫折，每天在不確定之中度日，很久沒有這種感覺了，像是大二升大三那個暑假，心測和其他幾個科目都通不過的樣子。那時升是困頓，困頓欲死，心情一片焦黑，內在完全崩潰，如今我內心飽滿，被又好好地愛著，只是必須承擔面對挫折的勇氣，這勇氣一直是我所沒有的，我總是太懼怕現實，這是從高中起被現實挫折以來就如此的，而這些年來，在現實之中拖曳而下，像粗糠一樣拖磨而過，經常痛苦無奈地驚呼狂叫，而「現實」仍然在那裡隨時可以將我擊倒，我是毫無尊嚴的。

而如今「現實」對我的意義改變了，又她給了我完全不同的「現實感」，又，她改變我的世界，她是這世界上我生命真正的原動力，她正是我所渴望的一個人格典型，如此完整而真善美，正是無法進入那樣的完整與真善美，而生命爆破四裂。她是我對世界破碎渴望，想像的總匯集，如此契合，如為如此貼近那核心，她叫我整個生命激動，她正是那個人，我為她而存在她為我而存在，如此強烈如此準確，我對她的愛就是我對整個生命，整個世界的愛。她死了我也就死了，如今她把我重新生出來，讓我重新在現實裡站起來，我又重新回到「生命」之中。

「孤絕感」，任它能有多強的孤絕感，正如同我應付恐懼的
方法，恐懼就任由它恐懼，孤絕就任由它孤絕，一點都不要
擔憂、害怕、阻撓它。身體累就睡覺休息，心理累就尋求安
慰，每日都讓自己吃飽、睡飽，不虐待自己的身體、心理，
而我的總目標就是「文字」與「愛又」，當我可以感覺、可
以移動、可以吸收、可以體會時，就是讓自己朝向那個方向
投擲。

而生命就是這樣，在自己可以移動、可以感覺、可以吸收、
可以體會的時候，讓自己朝自己所摯愛的方向投擲。

我是個苦行僧，我是愛又的苦行僧，我是個文字的苦行僧，
這就是我短短一生的主題。《玫瑰的名字》說：「學習語言
是學者的基本義務。」我相信除此之外，我做任何事都不會更
長久、真正地快樂、安身立命的。

十月十日

愈來愈感覺到一種「獨立」的形象在召喚我，那種「獨立」真正是無所懼。不懼怕內在也不懼怕外在。X會使我成為一個真正完整的人，或許是一個真正完整的男人，她使我成長。她使我內在的人格純化而緻密起來，那正是大學之後我進一步所要的攀岩。X正是我最精選的內在女性，完美的化身。她需要愛與自由的滋潤，她需要跟我在一起，她需要在跟我緊密的陰陽結合裡發展她完美的女性。我會供應她一個女性靈魂所需要的愛與精神性。這愛與精神性是來自一顆強韌的男性靈魂的、朝內湧泉的精神力量。而她正是我的陰影。我被她好好愛過之後，只會任愈抽象的方向走。她的女性對我所造成的意義永遠都會在那裡，那是我一生中最重要的美麗回憶。人一生所能得到的果然是都一定的，而我已經得到我的寫作，我內在世界的自生體。我對讀書思想世界的選定，及我與我的X完整的愛情……。這些已經是我這一輩子所能得到的大部分。

從大學畢業後我就強烈感覺到自己接著待生長的正是另一部分的東西，而這一部分的東西畢業後到現在我一直不得其門而入，或說緩緩地成長，好緩慢好緩慢。那時我留下的主題是：對愛情負責，負擔一個女人的獨立男性、面對社會處理現實事務的系統，情緒與理智的協調融合，進入知識系統的嚴格訓練及意志力。

十月十七日

不願離開她打電話給我的聲音，不願離開與她在一起的夢中睡眠，醒來後唯有荒涼，唯有荒涼。今生我已死而無憾了，有這麼美的妻子如此愛我。有時想什麼也不動，就躺在雪地裡做著關於她的幻想……想到她，我就感動得想哭。她在我二十四歲時改變了我的一生，讓我內在的愛、溫柔及男性全綻放開，將自己奉獻到一個更廣大的宇宙。

我把她從我的精神中生出來，她是我的孩子，她依附著我而生。我把我生命的品質藉著血液流到她體內，而我還要更新她的品質給她。我的生命彷彿到了信仰的階段，我相信她，相信我跟她的愛的永恆性，她身上發生什麼樣的變化，直到她死，我都相信她會像這樣愛我而我也是，她只會更愛我，窮極她的一生……。

我看著她高中時的照片，我與她的關係像是一種密契經驗，生命把我一生中最重要的一個人帶來給我了。我的生命因她而有了最根本的意義，這個意義是建築在我生命的祕密之上，生命恆河底的磐石。我要馱著她航過生命的恆河，她是我的孩子，那是一種生命體與生命體交關的關係，是生命中最重要的部分。

幻想的部分與現實的部分在交戰。有時候覺得自己失去如花般瑰麗的詩意、象徵與幻想，那是通向內在更結晶更抽象世界的曲徑，它彷彿淤塞。情感、情緒、感動、對美的召喚、對人類性靈更深處進入的渴望，那是生命最底層海洋的波

動……。而現實是什麼呢？我們經歷了更多現實並沒有更美
麗。現實是曖昧的，非指名的。現實只是一堆食不知味的木
材卻必須吞下去。然而醒來的荒涼就在現實裡，繼續順著現
實或破風逆向現實，一切為求生存……。這麼多年來就是大
不願意從荒涼的現實裡醒過來。現實裡什麼也沒有，只有一
大堆物理、生物的機能必須擺渡。求生存的步驟必須超克，
什麼也沒有，這一大片「無生命」。「無意義」的疆域，還
不如X細膩地幫我縫補綻衣服破洞的神情。

自從我與徐磊的對話展開之後，我就重新回到對現實的責
任。我與現實的關係太惡劣、太醜陋、太絕裂（我總是恐懼
從睡眠中醒來，所以意航向精神黑暗的深處）。來法國，我
知道是為了重新學習對現實負責的。我必須改變我與現實的
關係，我必須從心裡改變我對它的感受。這一季，存在於我
與X間的喧囂全都靜止，我們手牽著手，無異議而有默契地
沉默下來，微笑看著對方，我們深知這一季的分離，我們彼
此已血肉交織，我們的愛不存有一絲懷疑與間隙，只有夜晚
的風聲與落葉聲。而分離是為了學習我對現實的功課，以馱
負地走過恆河。

十月二十一日

剛睡醒心裡覺得空虛，彷彿在夢中自己在跟自己說，要再像這樣待下去待個五年，那簡直太可怕，然後醒來很想抓住什麼。

如今我的生活太擁擠，課太擁擠，認識的人太多，房間裡的東西太多，一天之內我所要做的事太多太雜，我都想要爆炸⋯⋯這使我相當煩燥。

一天之內，我必須上Sorbonne的二、三個小時的課，加上Saint-Denis平均一天五小時的課，然後首先我得每天寫一篇法文作文交給老師，一天我得念上四個小時的書，然後得做一大堆瑣事，得空還要給Ｘ寫信；心情不好時，還需要寫日記，看中文書，打電話給朋友或去看朋友⋯⋯。

我跟阿清說這是一種「邊界狀態」，人在國外求生存就是一種向人類的極限挑戰。我不知道我求生存的鬥志是否被激起，我不知道我是否有足夠的意志去完成擺在我留學生活裡的每一項任務，也許我已因為這樣的生活而進步了而改變了，可是我自己並不知道⋯⋯。我隱約約感覺到自己進步了，而且我會更進步。我在一種獨立的「組織體」走，我的「生活的軀體」在變得強壯而結實⋯⋯。當我走在路上，我一遍又一遍地體會著我的生存情境，屬於我現實的難度，要求與苦澀，而在那樣的體會裡我似乎在進行一種「蠕動運動」，這種「蠕動」就在消化我心中過去與現實的一些「結」，這些結就在我必須與現實交鋒時腐銹，吐出酸汁，。

使我挫傷，自我蝕敗，困陀盤結而纏捲不能向前……，我在
觀照著我心中的那些結，然後慢慢地我的內心擴大了，變得
柔軟，向世界開放，接納且微笑（像我看到的Lossemi），那
種「微笑」不是像宗教教師那樣特化出來的部門，而是隨時
像鱷魚那樣靦腆地向世界偷偷吹散花瓣，一種比鵝黃色還要
較淡的微笑，我也變得向世界順從、臣服……這實在太重
要了，過去我傲慢且抗拒任何現實，所以我窄小、淺薄且處
處與世界相隔閡，內心充滿蕪蔡，似乎順從與臣服才能帶
來真正的溫柔，像旋轉門一樣，這種溫柔是種「轉向」，將
內在的溫柔精向世界而世界的溫柔也精向我的內在，而之前
我並不懂得召喚、迎接「世界的溫柔」，所以世界的溫柔並
沒有精向我……。

而我的得到解救，在於我對X真正地臣服、順從，我把我的
生命真正交託給她，我信任她會好好照顧我，好好地愛我，
信任她有潛能……。

十月二十四日

我不知道為什麼我給自己那麼大的壓力，想到這樣壓力其實心裡很痛苦。這樣的壓力使我不能專心地去面對困難，使我只慮在恐懼之中。「患得患失」，過去我就想過這是我全部的疾患。有時候過分緊張時只想停止一切，沉靜下來，沉到很深很深的地方去體味這一切的根本情感與意義，想感覺一下自己，想透出來呼吸新鮮空氣，想看看遼闊的海面，想歎一口氣，想哭泣……想寫作。

有時候解開這一切，脫開這層現實的故事，面對赤裸裸的自己，面對我在這世界上真正真實的東西，那就是我的寫作，我的Ｘ，我過去一切成長的記憶，我的家庭與我內心的所有質素……覺得像在參與一場新的戲劇，一切都離我好遠好遠，然而我必須愈入戲愈好，因為我就是從來不入戲，我一直是現實遊戲的局外人，所以我總是被現實所傷害，被淘汰出局……。

如今我不能這樣，我渴望給Ｘ一個安穩的家，給她一個實心實地可以依靠的男人，我需要成長需要改變，這樣的渴望激烈地在我胸腔吶喊著，我可憐Ｘ跟了一個像我這樣軟弱無能的人啊……。

靜靜地仰望上蒼，天啊，請賜給我深深深深進心底的「發願」，讓那「願力」渾厚到震動我身體、心靈的最根基，真正自然而然地改變我與現實每一事物、每一細節的關係……，自然而然。

十月二十八日

今晚度過非常脆弱的一晚，覺得自己所追求的希望與夢想，對我都好遙遠好沉重，覺得自己承擔不起……。我一邊通著自己坐在彤的桌上趕著報告，一邊任許多許多遠古時候的人物及記憶在我另一邊大腦流轉，想起許多高中及大學時代陪我長大的一些朋友，全部的人都去了不同的國度、不同的地方，完全不會也不能再看到這些人。很想跟其中一些人講講話，跟一些人有一些很深的感動的點。那些感動、那些悲傷的點在我生命中匆匆一瞥，但卻始終像幽靈一樣，無頭無肢體地糾纏著我……。我也想起在這些幽靈中被追逐的我的冷漠與薄倖，我真的曾再像我從前一樣撕裂心肺般地哭泣嗎？？我真的曾再像我從前那樣把自己揭成碎片地去愛一個人嗎？我真的再曾和另一顆心靈一起流著淚高聲唱歌嗎？我真的再曾經歷過痛苦如岩漿般湧出來嗎？——我沒有，我離開一個星球來到另一個星球，我想念我渴望我追憶那個星球，我只是活在某種倒影之中。我明白我真正要的是那種沉重、死亡的世界，我常想我是該回去那個世界去創造我自己的……，而如今，我彷彿追尋完善其實只是對離開殘缺的懷恨罷了；我免於從前的種種無知，我能包容任何人包容人類心中的情緒情感，我了解了，我一點也不無知，人類因此而看到我的美麗，然而我是怎麼回事？我於是在其他人的旁邊，過去使我免於無知的種種都不再撞擊我……我只想使自己完善，我努力健康起來，為什麼呢？向殘缺的世界證明完善的可能性，我希望過去的人高興我長大長到一個正常人的樣子……。

然而有一天我會停止完善的努力，我要永遠休息。今晚我也想到X和瑜和我一起唱歌時的那種記憶，也是匆匆一瞥卻會存檔的記憶。她們代表朝向完善之路上的一些人，我畢竟是在她們旁邊的，我已是被使用過度的一個人，唯有冷漠與薄倖，而她們卻如此完美，年輕而溫熱……。無論如何我可以包容她們，我多腐敗啊。X正是我幻想出的完善的世界，我想走抵她所對我代表的那裡。然而我走不到，彷彿完善只是我孤寂之中的夢幻，我會放棄她，我到不了那兒的……。

十月三十一日

今晚我想我是瘋了，我欲求毀滅，我想毀掉我和X的愛，我讓X哭泣哀求我，無助地在黑夜之中哀求我讓她愛我，她如我的神祇，而我卻企圖殺死我的神祇，我無法凝視我內心的怯懦與醜陋，就像那天那個女孩所形容的：混濁與鄙醜，而我還感覺我想加諸她更大的愛與冷酷，我到底在幹什麼，我到底想要怎樣？人生如黃粱之夢，仿彿連我與她的愛，那種甜蜜、歸屬、完美對我都像幻覺，真正對我有意義的是分離是悲劇痛苦是憂傷，而我所真正欲求的是這個，愛情惟有到這裡才算愛。而離開她我要怎麼繼續活下去，我根本無法感覺任何離開此刻以後的事，我只是纏捲在此刻毀滅和混亂的欲望之中，我混亂痛苦時，我只求更大的痛苦，壓垮我，毀滅我使我平坦使我深刻地悲傷、哭泣。而我懷疑她真正會為我悲傷、哭泣嗎？她真正愛我嗎？……過去我曾以我的愛震撼了她，她能以她的愛震撼我堅硬的心嗎？沒人懂得以愛震撼我的。

一刹那間對自己可能變好感到絕望，無能為力，整顆心都縈著自己全部面對現實失敗的歷史，期望自己真正發瘋，死去，到底要怎麼活下去。不是她的問題，她已經是我在這世間能找到最完美的愛人了，她所已經對待我的不會有人能重複或更為我所渴望，我說「我對自己失去信心」，她是明瞭我的，她說我不要一下子對自己要求太高，說我本來就是這樣，她就是愛我這樣，說她寧可被我拖累也不要離開我，她要跟我生命在一起要愛我，說她跟我生命在一起我就會好一些……她是了解我所指的是什麼的，她也了解我的性格。我不能跟她生活在一起，再觸及，再明白自己對生

活無可救藥的無能不要跟她生活在一起，停止繼續編織與她一起生活的美夢。如此的呼聲反而是理智的甦醒。我一直恐懼生活。生活對我一直是一場無止盡的靈夢。我習慣於獨自生活中的種種難堪與悲慘。只要對自己要求少一點日子確實還是這麼過下來了（但日積月累的孤寂與乾枯確實恐怖令人無法克制）。一個人無論如何都沒有關係，但兩個人要過這樣的生活就令我更恐懼。這樣的生活不會增加愛情對我原有的意義，只會有醜陋的生活。最後是我自覺醜陋難以自勝而崩潰、竄逃。除非我自己變好，否則連她也不能讓我不恐懼兩人的生活。她所給我的愛，她對我的意義其實已經完成了，不會再增添什麼，她的愛也永遠不會消失，我根本不需要再從她那兒抓取具體的什麼給予（我有限的身軀當然鉅細靡遺地渴望她），我倒是具體地需要照顧她保護她……，她畢竟是個正常女人，過了這小小的一段插曲，她人生的主旋律就會很快地抓住她，她也會自然地走進去，而完整地經歷完我所給她的欲望、熱情及分離與悲傷，她也才會成熟為真正我所要到的女人，而那個成熟女人本來就是在她體內我所要我所看到的她。那時她真正會引發我最深徹的情欲與痛苦，然而我也將永遠不再見她，不再碰她……，那時她也將真正了解我，我們真正能在靈魂和身體上彼此相屬。

神啊，幫助我，使我不要如此混亂與痛苦！

十一月七日

兵荒馬亂的週末。我亂成什麼樣子，我都不知道，X被我踏蹋了。我一心只想破壞，把一切都破壞掉，結果被破壞最嚴重的是她。

還不到「極限狀態」，現在也沒有真的那麼令人恐懼。令人恐懼的狀況總會過去，總會解決的。只要在心中含蘊著它就好，我有一整年的時間可以把每一件小事做好，把每一件小事的恐懼過過去。這一年其實我是輕鬆的，我並不肩負著絕對的責任。（把居住的地方安定好，把一切必須的生活手續搞清楚，把生活秩序及經濟制度建立好，把必備的人際關係弄好，把法文搞好每天多跟自己掙得一些時間閱讀、擬定較好的作戰計畫多拿一、兩個學分，然後試著讓自己準備找個兼差賺錢，每天多挪一個小時給X寫信。）如此過個三年，如果Licence再沒過，就換個職業，如此過個五年，如果再一無所得，就回台灣去。五年，起碼五年啊，得熬下去，得忍耐與X的分離，得忍耐對她的想念。

我必須降低對自己的要求，我只要每天按時去上學，每天盡量保持警醒地把那天的所有細節辦到。無論在如何的壓力慌張與恐懼之下，都將這些含蘊心中去愛X給予她那天的愛，每天都不要逃避，盡量以勇氣之心去面對那一天，保持自己那一天有所得，情緒生命結構的完整。

X說她有自己求生存的方法叫我不要阻止她。「求生存」，確實是這樣，我必須改變性格，我必須能賺錢能適應社會生活，我必須把博士學位讀完。這是我自己所選擇的一條路，這就是我的「求生存」。

我每天都提醒自己得把格局放大點。生命就是如此，走到哪
都一樣，不要讓自己陷進小牛角尖裡。形說的：「腳踏出去
就有路，踏出去左腳或踏出去右腳是一樣的。」而我所欠缺
的就是磨練。心性的磨練，生活或許單調貧乏，每日或許沒
在知性感性上得到什麼，但就是走一條我有辦法走下去的
被磨練的路。「磨練」，就像《個人的體驗》那部小說裡那
樣，一個恐怖超出精神能力負荷的現實狀況掉下來，這個人
承擔不起，或者想在精神上逃逸，或者去承擔但精神崩潰，
結果大江健三郎使他自己經過種種儀式的深化與整飭，他終
於能承擔起這個「現實結構」，他的心性就被磨練到了。無
論如何，我的生命欠缺的就是個性的磨練，我必須成為像
爸爸那樣的男人，堅強而成熟，否則我根本無法得到任何我
想得到的東西，做任何我想做的事。「個性的磨練」是第一
步，之後我想得到什麼樣的長進與收穫，我就會得到。

而如果始終無法使自己轉到「某個狀態」去達成現實的要
求，把它放到生命的廣闊視野去看，就如徐嘉所說的──那
就是時候還沒到。挫敗或許痛苦，但就是還沒到，還沒到。
腳繼續向前跨就是了。

我和X的愛情還會再有變化，那是隨著我自己的變化而來
的，我得接納它、迎接它、給這種變化一個位置。必定是欠
缺什麼東西，所以我沒辦法再深植進我的愛情裡，或許是欠
「暴力」。我一直從重視「暴力」的角度來看待生命的內
涵。「暴力」它確實是生命裡重要的一股渴欲，它是一種
「能動力」。我有對這個愛情和對自己的暴力要攻擊，有時
候這種攻擊的需要是最真實的。或許毀滅，或許如此愛情才
能釘耙在現實之上。

十一月十三日

看了兩遍《霸王別姬》，本以為這齣很不討我喜歡的戲，導演已經又直接又笨地把他全部要說的話都給出來了，但今天看完後倒覺得這齣戲剛好可以把我在巴黎的生命經驗做完整的整理，也把我隱約嗅到的某些性格改變傾向推到極致。像是中國電影的「地獄圖」。

X打電話來說她很愛很愛我，說她下午要在家裡做公司的事，要陪我。她實在是魔鬼，這樣就使我沉緬在她很愛我的氣氛，一整天。我想我真是遇到大情瘋了，不知道她長大後會變成什麼樣子。她實在太美、太特別、太惹我愛了。有時候我不知道她為什麼那麼愛我，她要愛我的意志力太強大，使我的身體沸騰。她真的會一直做我的妻子嗎？

十一月十七日

世界轉動得好快，我都不知道轉到哪裡了。好想世界停下來，可是世界停不下來，我能跟誰說？

我老得好快，老得好快，我不知道自己會不會脫胎換骨，我不知道自己會不會變成另一個人，另一個我也不認識的人。我倒有些期望如此。

我變簡單了，全身全心我只想融進法文的世界，其他的我什麼也不要。

在我心靈深處召喚我的不是愛情，是某些我一直想得到的東西，某些我一直想得到的東西，一直就該屬於我的東西，一個我一直就該去的位置，那是我的「自我影像」。一個屬於無限的世界，像《玫瑰的名字》裡僧侶的世界。

想抽根菸，想喝杯酒，想看看邊闊無垠的藍色海面……，想讀魂麗的法文詩，想變老。

想和什麼人說話，像從前在K的房間說的那樣……，藍色海面，在明亮的廚房，她跨坐在白色的椅子上，空茫地望向灰撲撲的外面。自從她之後，就再也不能那樣與人說話了……。

龍說愛一個女人，會把她舉高到無限……。

愛情是等自己舉高之後，它才會到達不同景觀的。我心裡渴望的是中空，是把愛情拼開放鬆之後自然留在我心中的愛情。是集中營裡的愛情。

集中營裡什麼也沒有，什麼也抓不住，惟有對愛的信念，「充滿愛」、「對愛的愛」，完全沒有具體實用的愛，然而愛存在那兒，它是一種純粹的精神。

屈服，徹底屈服，惟有學習徹底屈服，才有真正的「充滿愛」，才有真正的脫胎換骨。屈服的靈魂，徹底屈服於我所選擇的女人，我所選擇的職業心理學，我所選擇的巴黎生活，我所選擇的同性戀生涯，我所選擇的創作生命。

不去欲望現實生活的幻影，所有海市蜃樓的幻影此刻就全存在我心中。我只需要純化它們，深化它們。

我不曾好好愛過心理學的一切細節，把自己整個「投浸」在裡面，心理學的骨架方法，心理學的血肉細節，心理學的高層抽象建築，就像一種統合的審美活動。

遺忘自己，放棄自己所有的自己，解開，空白，讓無限的流域將我充滿……。

envie，這個字是一切湧動的心臟，「投浸」，用這種方式活著。

十一月十八日

巴黎對我而言真的是個大都市，好多人經過我跑來跟我說話。我停不下來，我停不下來。

各式各樣的國家的人湧進我的生活，我的生活圍滿了人、事、物，幾乎要爆炸。

神啊，我不知道要怎麼過生活，請幫忙我，請幫忙我。

離開自己國家的幻想纏繞我，一種關於流浪的幻想纏繞著我，如今又被另一個台灣人所激起。我得飛起來，我得飛起來。

神啊，告訴我要怎麼做？要怎麼做？

也許我在等，我在等一個特殊的機緣，然後逃走，徹底逃走。而那個機緣還沒來，還沒來。

這麼晚不知道能去哪裡？能去哪裡？

天地這麼大，我能逃去哪裡呢？

我想離開X，想徹底自由。

十一月二十二日

回台灣去，徹底跟X分開，再也不要再跟她有任何瓜葛。

我真是亂得可以了，又開始自暴自棄到極點，明知道對自己不好又拼命要置自己於死地。每隔一陣子就又開始亂，完全無藥可救，對自己絕望透頂，我是不可能跟別人生活在一起的。

不把X這條線砍斷是沒辦法讓自己掉在地上的，整個人懸在半空中，愈來愈亂，愈來愈亂……，生命如此黑暗，如此黑暗。

要任自己麻木，任自己自生自滅，任自己去瘋去亂去黑暗，不要牽扯上任何人……，我對生命還有什麼可以想像的？還存有什麼對未來的幻想？

老天爺，告訴我我還能以什麼形式活下去？

7. 在愛情裡……
6. 希望……
5. 現在……
4. 接受……
3. 你……
2. 這個……
1. 男人……

十一月二十八日

剛讀到柏格曼的一篇自白。內心好痛苦，放聲痛哭，想到那種創作的渴望，對於學習的熱情。

我常想到中文的未來。想到自己要創造中文新的生命內涵，那內涵是龐大的精神語言，是像鋼鐵一般堅硬純粹一落又一落的布。那內在的高度唯有我才達得到，那語言的璀璨色澤就在我內心，我知道我總有一天會把布織出來。織出來覆在中國人的精神上面的……。

熱情，對女人的美的熱情，那樣的熱情在我體內驅動，使我狂亂。對文內在堅實的美感，女性美的狂熱……。

想就這麼死去，要硬生生地承受對她的熱情，承受無能再愛她，承受對她膨脹的想像……。不能和她在一起，卻又不能脫離這種希望的光暈，踏出去一步不知如何活下去。

過去和心愛的人分開到底都是怎麼活過來的，那麼巨大的痛苦到底是怎麼變好的。想到從前那麼深的痛苦，深邃的傷痛底限到底在哪裡？終日躺在家裡呻吟，真正不幸的人。

真正的分離，最棒的分離，永遠的分離，像嗜血的動物一樣渴望分離，渴望悲劇……在隆冬裡如夢如幻，迷離飄遊，在那裡面會產生最強烈的悲劇力量，藝術的語言會自然湧現。

十二月十一日

愛情裡的豐饒與貧瘠。流浪裡的豐饒與貧瘠。

巴黎的生活，城市和城市的匯流，人種和人種的傾軋，欲望和欲望的交媾，黑暗和黑暗的咬嚙，石頭和石頭的夾擊，這些使我的靈魂匱乏、欣傷、飢渴、貧瘠了我，卻也豐饒了我的想像力和複雜度。

求生的意志又混淆、曖昧了，想用一把刀把它劈欣開，劈欣出一條路。喪失勇氣、喪失成為某種東西的勇氣，喪失成為完善或殘缺的勇氣，喪失形塑自己的勇氣，喪失在現實裡存活下去的勇氣。

為什麼呢？挫敗。懷疑自己可以達成自己要做的事。理智的渙散、潰敗、社會主義雜疊、失去自我控制力。但還沒被完全擊倒。

十二月十四日

重讀學長小說，彷彿是前世的記憶，那樣帶著曖昧與悲傷斑點的記憶，那麼吃重的人物角色，竟完全隱到人生舞台後面去了。如今再也不曾碰見那樣屬於神祕及文學的一群人物，多年後我重讀三島由紀夫的東西又勾起自己那個詩意、非現實的世界，我與學長他們畢竟本質不同啊。一樣是有病的人格，但如今我徜徉於現實的港灣，「她」的具體存在就是我的「真實」，我那非現實、獻與文學的狂轟還能再發作嗎？

十二月二十一日

Ｘ，兩、三個禮拜的「假期」真的要結束了，想到今晚真的是要跟你告別，重新走向登機門那另一邊的世界，重新讓河裂成兩半，你我各自觸不到對方，獨自在夢底吶喊那份思念的及依賴。如此的生涯又要開始熬受起。真不知別人是如何安然無恙度過這種時代，但我總覺得這像是將愛情置於高熱的烤爐中，使其經受著最嚴酷的考驗，要能完整地通過，才能獲致堅硬的「成熟」質地與形式，然而我的額頭卻炙裂一道道的火痕……，我們一起炙烤著，當它快碎裂成兩半時，我就回來。

一月十五日

大概頭說什麼都會自己找到平衡點的，然而「波動期」是必須的。

我說過要讓自己在Paris過得充實而快樂，我現在終究有沒有比較充實或快樂？這一年算是波動期嗎？這樣的波動是什麼意思？從剛到Paris開始一切的現實問題，房子、銀行、學校、居留、人際關係、語言，一切的雜事聯合起來挫折我，然後在感情上產生強烈的波動，這波動如今平復了，慢慢地人際關係、居留、實習、房子一件一件的事也都平衡了，但是在學校功課和自我學習這兩者之間的關係我還是找不到平衡點，怕自己什麼收穫也沒有。我到底怕什麼？愈怕就愈是沒有收穫，愈怕就愈是空洞洞。

「平衡點」在哪裡？怎麼樣才會平衡？

武大哥說：

（１）靜下心來讀一定可以進步很快的。

（２）把自己當一歲的嬰兒去學習。

（３）把過去自己有什麼，是什麼全部丟掉，從零開始。

（４）不要管文憑。

（５）要學到你要學的東西才是重要的。

（６）創作是無法教的，來法國不是因為學校、美術館或這兒的藝術家，只是要把在台灣雜七雜八的東西全丟開，專心創作。

（7）學習沒有別的，就是不斷地創作。

（8）要進就要進最好的藝廊，一進去全世界都會知道你的訊息。

（9）到了一定年紀也不可能再換別的路，只有摸過河卒子向前走出一條路來。

（10）即使我們來了十年看報紙都還是有看不懂的字。

（11）居留證不會有問題的，只要有學校念就可以的。

（12）總有一天還是要回台灣的，留下來是因為這兒才有人真正懂得欣賞你的東西。

在學校功課和自我學習之間找不到平衡點，問題到底出在哪裡？

（1）沒有靜下心來。

（2）老是恐懼孤獨，一點點孤獨的感覺就會使我生活封鎖。

（3）唯恐自己一無所獲，浪費時間。

（4）汲汲營營於文憑和學分，始終割捨不下。

（5）生活作息不正常，時間白白溜掉。

（6）不曾有過徹底學習語言的決心和習慣。

（7）太急於在心裡規定自己語言應該要到「已經很好」的程度。

（8）太急躁沒有耐心好大喜功老是認為學校教的進步很慢。

（9）心理根本就排斥被動的學習，覺得被安排的學習沒有意義。

（10）貪心同時想要應付語言與學分。

（11）寫跟說的「基礎」根本就沒打好。

（12）生活的價值、目標多重，混淆而衝突，搖擺不定。

（13）覺得自己已老，必須承擔現實的責任和完成世俗的名位。

（14）若不能做到（13）就是失敗者，回台灣要自卑又自憐。

（15）覺得無法按責任念書就是廢人什麼事也做不了。

（16）主動學習又完全沒有自制力和效率。

一月十六日

突然發現自己的人生觀有許多錯誤而使我受苦的地方，心裡覺得很感歎。自己的想法使自己受那麼大的苦，自己的想法把自己限制住，把自己害得那麼慘。所有的苦都是自己造成的。人竟然可以把自己逼到精神病，逼到發瘋的地步，只因為錯誤的想法。而這麼多年來我竟然不斷地用這些想法迫害我自己。今天我跟大椰頭抱怨說自己太愛睡覺，浪費太多時間。大椰頭說有什麼關係，想睡覺就是因為需要睡覺，睡夠了自然就會醒來。四兩撥千金，我馬上就很舒服，也覺得到自己是如此地迫害自己。

我長期迫害自己的想法包括：

（1）同性戀情結：自己是不幸的，女人都不會真正地愛我，我也不可能有長期的愛情關係更不可能擁有家庭。沒有男人的陰莖不能使女人性高潮是我最大的悲哀也就沒資格愛女人，不能給女人孩子及社會的承認會使女人年長後非常可憐悲哀。不該和女人締結長期關係的。

（2）自己是個精神病患：由於過去的不幸記憶及同性戀生涯，自己已擁有憂鬱症的體質，每當承受壓力或挫折時結構就會崩潰。

（3）自己一定要寫作，如果不寫作或太久沒寫作人生就完全沒有意義，我生活的所作所為都是為了要寫作。

（４）為了寫作不可完全拋棄痛苦、悲傷的精神結構，這是產生創作的母體，如果完全拋棄感覺不到這些，就會變得碰觸不到自己、虛假而膚淺。

（５）自己無法適應社會：社會對我的要求（言行舉止社會化地成熟、工作節奏壓力、剝奪私人領域的工作制度、威權或表面的人際結構、性別角色、工作能力）我都給不出來，我自己的發展有問題，在社會面前我只是個可笑幼稚的侏儒。於是必須努力地逃避工作生活。

（６）必須拿到文憑、當教授、才算出人頭地。不如此，花那麼多年那麼多錢在國外還是個學生，是很可憐的事。回去什麼事也做不了，一輩子都只能做螺絲釘的工作，其他的工作對我完全沒有意義。

（７）必須在兩年內升到碩士，否則就完全沒有希望再念下去。

（８）必須像個男人一樣對女人負責，要保護她、給她一個家，賺足夠的錢給家。必須在各方面比我的女人堅強，做得好，不能軟弱。

（９）一定要成功，三十歲前要奠定某種職業的基礎。

（10）自己的性格有問題：逃避現實、懶惰、愛拖延、不能過強制的生活、沒有自制力、沒時間效率、無法負擔一項有壓力的責任、不聰明又沒能力、軟弱、容易恐懼他人、挫折忍受力低、浪費金錢、作息沒規律。

（11）除了寫作和與寫作相關的藝術及閱讀，其他的生活時間都是無意義、沒有進步的。

（12）必須在每一個短的時間階段內（半年一年），學到或做出某一具體新領域的成就，否則就是空虛、浪費生命。

（13）我不可能改變我的自我認同，無論是外在或內在，它是非常固著的，我也不願變得更男性化或更女性化一點，我動不了，我一動我就會死會碎掉，我愛的女人會認不出我來。

（14）我得強迫我自己隨時隨地噴湧最熾烈的熱情，去愛我的女人，否則她就會不愛我了，我也會覺得自己不值得被愛。我不能休息、不能放鬆、不能睡覺，要持續不斷地注視她。

PM 2:00 fie Pay assurance.

複習一文章

P2:00 P6:00les courset+到校+到校自元 P9 註冊指引事
　　　　＋打 S 訂冷晚 ?新行 + 買 télé
P6:00~8:30 閱讀各類設計
8:00~12:00 appel à 好門 Dimitri; 整
A10:30~1:00 言己I 甲看 L (R-E 系)
P12:00~A10:30 dormir

28　Tuesday　AM10~ P4:00 複習一文章 + appel à Wen.
P4:00~6:00 去 医院主 ?討
P6:00~7:00 找資料件。整理 整件
P7:00~A1:00 Fnac 買 L Social 习 事
P7:00~A1:00 ?? 街餐 +télé 事 + 到 2○5 空 ?? ?? 主
　　　　　主 S 該 +故事
A1:00~A10:00 dormir

×

29　Wednesday AM10:00~5:00 複習一Llosa +appel à l'assurance. banqc
P5:00~6:30 去 登行 ?件 attestation
P6:30~7:50 學生中心 ?télé

三月八日

生活又出問題了。心理又有逃避現實的傾向，是一種分裂目標。不知所措的狀態。到底要怎麼治療自己，再這麼下去，哪一天才能完成心願。

彤說是身體的虛弱導致我沒「控制力」。

「浪費時間」的憂慮，加上對「金錢匱乏」的恐懼，使我幾乎癱瘓。那種東西像一團毒一般鬱結在我的心上，使我昏迷、退縮進無知無覺的世界。

得大刀闊斧砍出一條路來啊！

根據彤的生活哲學：（１）把身體照顧得強壯→（２）規律的生活作息→（３）清醒的頭腦和身體的控制力。我在她那兒學到的完全是道家「清靜無為」的精神，我也喜歡這樣無爭、沒有野心、不向外擴張、不抵抗的生命，彤的生命典型對我是很好的教育，虛、弱的存在反而是最實在，強、硬之物，在她身上沒有任何對智性、科技或文化、物質的虛偽崇敬。生活智慧、美與大自然，這就是全部。而對她最基本的正是對身體與生活之珍惜，對家人與週遭朋友之愛，觀之她的循環，她反而沒有對時間、金錢（物質）、社會的恐懼，是最有韌性和挫折復原力的個體。因為她慾望最少，於是虛偽也最少。我常覺得在朋友間她就像一棵大樹，可以庇蔭許多人，外觀上可以很女性化其實卻是最男性化的。

我在這些面向上卻剛好相反，對時間、金錢無名的罪惡感，對家庭、社會強迫性的恐懼、對身體、生活的厭棄麻木……，這些都是我基本的生命態度。而我在法國與彤的朝夕相處，而我在法國與彤的朝夕相處，關係也促使我轉變生命態度。

到底該怎麼辦？未來何去何從？我到底要成為一個什麼樣的人呢？我為了這件事痛苦不已，如果想要求得一個學校接納我，就又開始瘋狂地患得患失，連生活都快因此內在焦慮而停擺。要雕刻一個自己出來，呈示給二十五歲以後的自己，正是對「關於自己的想像」要有魄力的關鍵時刻。

（1）「語言的表達」必須很很地下決心，且必須徹底改革對學習語言的潛在觀念，養成非常嚴格且有效率的學習語言的習慣。這是最基礎的土地。

（2）主題研究與論文的寫作，這只牽涉到：（a）確定自己的研究方向，蒐集資料，閱讀反駁的方法，學習寫作論文的推論架構模式，（b）廣泛地聽課，尋找有助於自己的教育資訊，（c）與特定的指導，教授建立良好的溝通關係。

（3）基礎心理學的綜合科學訓練或文化知識領域的獨立研究，這關係到成為一個臨床治療師或文化高級知識分子。如果能擺脫惡夢般的科學訓練，為何不一腳狠狠地把他踹開呢？在法國所有我對心理學的依賴只是語言不行加上對別的領域不熟悉的結果。如果能從現在開始累積對目標研究領域的相關知識及閱讀經驗，相信就可祛除如此的懼怕，即使最終進不了研究的年級，仍然可作為我未來法國的最大收穫——轉變我對知識關係的範疇與方法。這也是我原本自覺面臨到的「階段轉型問題」。

三月十一日

對生命的想像力啊，形成生命的軌跡啊，真可能一夕之間轉變嗎？

這個時期對生命的鏡照，似乎是最真實的，但難道它沒有可能消失於一剎那嗎？它就是會完全消失於一剎那，一瞬間就像一場煙一般消失，鏡花水月。我不知道自己還有多大的動力去維持這個世界，多大意志的慣性去照亮這個世界，它彷彿幻影旋在我生命的螺旋裡，常常覺得承擔著如此的幻影而活著內心非常痛苦。我的生命啊，我肩上的擔子是把我自己的某些東西卸下，把我內在的某些東西翻轉過來，這就是我的一條路。

有時突然一剎那之間想脫離這全部我已建立起來的一整個世界，又之於我就像L的再生一般，她們其實就是一個女人，我的一生就是要遊在對這個女人的愛戀裡，離開她們我的世界就徹底崩潰，也就等於徹底離開一個世界來到另一個世界，也就等於重建另一個世界。她們對於我既是實體也是幻影。

無論有錢沒錢，有學校沒學校念，外國准不准許我居留，學校畢得了或畢不了業，我一定要讀書，讀書讀書讀到讀出自己的能力，讀出自己的面向，讀到我自己的求知欲能被滿足，無論如何這就是這個階段我所要做到的事情，這就是我的生命所需要的東西。我也相信我可以跨過去的，因為這正是我所欲望的事，而我是如此強烈地欲望著。我進步了，起碼我比以前更清楚自己的生命目標，它的輪廓更清晰深刻。但我實在是不知道L是否有這樣的堅強跟韌性可以跟著我爬過這些火山？我們兩人的愛是否夠成熟，禁得起忍耐，吃苦與折磨？

那個女孩一句「那是不成熟的愛」點醒了我。

三月十四日

這次，忽然在狂亂之間碰到結論的牆壁——

我終究是不足以去愛X的。我終究是不夠成熟去維持與一個女人長期的愛情關係的。X說得對，我是懦弱、沒有勇氣的，之於我自己是這樣，我太自卑了，我無法超越我自己。我終於放棄了再去拉長自己以適合去愛X的幻想與奢望，沒有太多悲傷，自我陶醉的浪漫，這更接近一種理智的選擇與判斷。沒有資格愛她，就是這麼簡單。

要徹底放棄與她共同生活在一起的幻想，說放棄就是要放棄，再也不復返了，我得改變我的生命座標。我知道自己很愛她，但以我這樣的性格是不夠的，我可以給予她（我的生命），但卻不足以承擔愛她與被她愛的整個責任。我可以持續地去愛她（終其一生），如果我的「覺悟」夠深，如果我痛下決心使自己長大成熟的話。

我不是一個完整的人，我沒有發育完全，就如同我現在懂我的「某些部分」，那「某些部分」一直被生命遮蔽住，像是歇斯底里性麻痹掉一般，那殘破的人格，就是我一直想使他修補起來、完整起來的生命圖像。

給X一份生活，那是錯誤的。以我如今不成熟的性格，那將唯有不幸與悲慘。生活的意義到底在哪裡？不是兩人互相黏貼是求生存，我正是在學習用我殘破的人格求生存。愛情的意附裡的地獄，而是投入學習如何生活的過程及生活本身，正義到底是什麼？無非是純粹濃度，奉獻與靈魂的美麗。而生活與愛情的關連是這樣的，當具備足夠的生活能力可以置放愛情於生活之中而不致於使愛情毀壞時，兩者才可疊合，否

則愛情將變得醜陋、窒息且厭贖。而婚姻就是於時間之中持續、保存愛情的最高努力，像是一種朝向神的盟誓。

Phillade所傳達的正是「勇氣」與「誠實」的訊息。對生命誠實更誠實，唯有邁向終極的誠實，生命才會真正打開，而「勇氣」更是建立在「誠實」之上。把全部虛偽、錯誤的東西都打掉。「勇氣」或許要付出肉體或精神的巨大痛苦作為代價。

三月二十日

（雖然我能在那個久遠的城市裡躲藏起來，但那個從威權來的男孩子卻攫起了我永遠無法躲避的東西：記憶和感情，還有對那些我永遠不能擁有的人所有的思念，那些過去的歷史。）

（現在，要是我想他想得太久，我會很疲倦，那我就會到臥室裡去，我只用一個枕頭，我只用一個枕頭，我會把毯子捲成一個球，抱在懷裡，我告訴自己這唯一我知道的事：就是我的生命現在已分成兩個部分，已經不能挽回，其間是一道像任何一個峽谷一樣又寬又深且無法填滿的巨大裂口……。）

（我的心好像是一個充滿了血的風箱。如果我轉身去看原先床上馬丁睡的那一邊，我就能看到我的心在我身邊，用力地鼓動著，脹大又擠縮，而每次擠縮的時候，就會吐出一大潭的血，濺得到處都是。而我所能感到的是愛和恨、憤怒和歡樂、恐怖和麻木，而這些都沒有一個中心點，只有北極和南極，而我在其間像一個只在兩邊最高點才存在的鐘擺似地搖晃。沒有一樣我所知道的事物能告訴我生命可以不同於這樣，不再有高點、沒有相對的兩極、也沒有純粹的感情，而我好像也不再存在。一切都告訴我說如果我想活下去，我就必須要找一個中間地帶，讓我有一個地方可以站立而不覺得好像一邊是要以怒潮將我吞食的大海，而另一邊則是一座無垠的大草原準備將我吞沒進巨大的空無之中。我不知道我在找的地方是什麼，我只知道那不是什麼……。）

今晚看羅卓瑤的《誘僧》，很討好我的一個主題。「欲望」與「野心」的佛家破解與禮崇的痛苦，誠實與其後要付出的勇氣與犧牲的代價，被社會的放逐、壓迫與自棄，反抗。

三月二十一日

我能否再承受一年或半年的孤獨？修養、覺悟與生命教訓。

我發誓不要再讓這個世界上任何一個人欺負我——不惜付出任何精神和肉體痛苦的價值。就像《拉小提琴的男孩和壓路機工人》電影裡，男人對小男生說「不要怕任何人，即使是我也常常挨拳頭的」。

情欲和熱情，使我和一個女人發生關係，這樣的關連使我失去平衡、失去控制力。渴望他人，把自己的生命動力繫附在他人身上……而自己的生命內容虛幻化，虛無化了（或許）。

就像寫字寫到稿紙換行一般，就只是換行寫罷了。

之於這個我，與一個女人生活在一起是錯誤的、醜陋的。

是沒有勇氣去愛人嗎？這不是勇敢或懦弱就可以解決的問題，是「不成熟」，是一個判斷。有勇氣去愛人，但沒有能力去對自己負責，對所愛負責。也許沒有人能真正負責的，但他們願意去努力，去嘗試，並忍受一切的錯誤與醜陋，對其麻木。

重點是我在恐懼某些根本不是我的責任的事，恐懼空無、過度的罪惡感與自卑感，造成永遠解不開的恐懼，沒人能幫忙過我。

啊，一切皆徒然——

她畢竟還是屬於她的家庭和那個理性的價值與秩序的世界的，那樣也好，之於她一切都會很好的。啊，她終究不曾愛我超過愛她的家庭的——

只是想到那個之於我「前人種樹後人乘涼」的鐵律，心中就無言地哭泣……。

（你可以夢想著生活該是什麼樣子，你理想的愛人是什麼長相，你的第一次會是如何，但是你是不可能得到的，即使得到也不能長久。今生不能，除非你死了。）

PAGE
attachment
structure
PERFECTION

2000 × 8 = 16 萬 9600 → 50000 元

建立中國話語系統本土性

Kristeva
Irigany
Cixous
dolto
manoni
Olivia

Foucault

Kristeva

Secretaria
Prefiture

E7Odeon

三月二十七日

生存之於任何一個人都是如此痛苦的事。這麼久了，我從來也沒有學會過一種有秩序的生活。在這種秩序之上去建立在社會上應有的自尊。我的混亂是無始無終的。這是我痛苦的根源。路上充滿荊蕀。我一直到不了我想去的地方。有某些循環出現的東西一直使我跌倒。比如說混亂、憂鬱症、語言、科學、金錢、性別……。痛苦像一把刀插在我的胸口上，常常無法生活。

大部分的時候只想徹底脫離家庭、社會。擺脫這整套「他者」的系統所加諸我的束縛與痛苦。不知為什麼那一整套「他者」的價值系統只會使我受苦。這套系統是某種強制人該如何花費一生的制度……。我渴望過的是一種學習與創作的生命，而這樣的生命是容許質疑生命本身的、是容許混亂後再前進的……。我絕不回台灣去除非我已做到我所要的程度。而能有所改變於台灣這種戕害我生命的價值制度。

我常告訴自己要尊敬X作為一個與我不同的獨立個體。她有屬於她的發展及命運。

三月二十八日

「混亂」這種東西很奇妙，它到底是一種生命深層的本真呢？或者是「頭腦」對待身體，生命某些「不合理」的地方的作為警示的爆發呢？「混亂」本身到底是一種目標呢或者是為達到平衡的過渡與手段？

我對「愛」的觀念或許是錯了，過去對於愛我總是在「趨避」兩端的張力下令自己爆炸，逃走或毀滅，總是這樣，這到底是為了什麼？我把愛當作什麼？又給我這兩年的訓練很好——趨也趨不了，避也避不了，而她對我的意義似乎是一直在改變，至於她在愛與性上的依賴循週性地引起我內心的狂暴，卻也控制著我，「我不能過度依賴他，卻也離不開她的控制」，每隔一陣子我就感覺到愛欲的飢渴，不能過度，而我從對她的想像之中汲取愛欲的滿足，卻無法把欲望投注到他人身上，這是為什麼？而一樣在忍受愛欲她又總是忍受得比我好，在高度的中央集權之下，她更依賴我更離不開我的控制，但她的密度卻可承載得起這般的收縮。男人跟女人要的東西畢竟不同，慢慢地我發現愛情最核心之處並非「兩性相吸引」的部分，而是「作為人類」的部分，我假設人總有脫去種種生理、社會條件而純粹作為人類的部分。我所要於她是兩性相吸引的部分絕不足以引起兩者的連繫。我所要於她光的是什麼？如果她改變了，遠離我了，不再純潔不再為我獨占了，我所要於她的是什麼？她對我的定義是否會改變？也許慢慢地我能離開她而活，但是我的心呢它能再繼續對其他人有欲望嗎？我是個和尚，和尚最後還是只渴望知識的。

中央集權 vs 市場經濟。

我要的是她的盟誓，對神的盟誓。

三月三十一日

「愛與生的苦惱」啊！「存在的焦慮與顫慄」啊！總是如此的啊，難怪叔本華和齊克果兩個人都終身神祕且孤獨。

一個陌生人對我說：「你就是沒有『情緒控制力』，那就是病」，對穿我的尊嚴。而到底什麼是「情緒控制力」？大部分的人都有所謂的「情緒控制力」就唯獨我沒有，這種東西到底是什麼？而我所恐懼我自己的也正是這一部分。像是黑洞一般。我畢生所有的努力都似乎是在與這個黑洞搏鬥。

「在時間之中的煩悶與逃躲」，這幾乎就是我全部的生存痛苦。我常不知道要如何存活下去，因為「煩悶與逃躲」無法遣散、無法壓平。一日又一日我總是被擊倒被擲回，我不知道怎樣才能脫離這樣的生命。這十年可以說我生命的目的都在試圖與我的煩悶與逃躲相處得更好而不致於被它吞沒。消滅。我一直活得很危險、很困難，使我常覺得自己不具備「合格」的生活能力，而被嚴重的憂慮所壓迫。我知道我在緩慢而迂迴地進步，但是進步，即使是微乎其微都令我想哭想泣。由於年紀漸長，由於從事更多活動、對更多世界上事物的了解、由於逐漸變愛且懂得如何愛、由於一點一滴釐清自己能做和想做的範圍，才使自己對自己較有自信、具較堅固穩固的自我認同，而明瞭「在他人面前呈現的過程」與「社會對前面兩項的嚴重控制」，尤其在法國才體悟到這最後一項對前面兩項的嚴重控制，才反省到我所受的扭曲和壓迫並非自動、純粹地由我個人生產出來的。痛苦並非內生的，「精神上的創傷」是從小到大就一直在那兒造成恐怖的，這些是來自中國社會關於「他者」全部精神系統的恐怖性，更不用談在那背後支持這一切的整套具體社會組織。

所有的混亂與精神上的負擔都是由於捨不得把某些東西「徹

底丟掉」的緣故，以致不能「尊敬自己的內在」而抱著這些
「成見」沉到痛苦的海底。

我全部的錯誤都在於我太急於想完全學習和作為一個男人，
以致於我完全通不到成為一個「我」和我能自然生長出來的
「創作血肉」。這是最近我很重要的體悟。

重看《齊瓦哥醫生》，還是被它樸素的甜美所感動。我一直
都在尋找一個「拉娜」，那是真正「簡潔有力」的精神在相
愛。我並不懂庸俗世的愛，身體和身體的並棲，常從一點靈
魂的夾隙裡製造出像腐爛木頭般的愛。我強烈地渴望成為一
個「教士」，將自己整個舉起奉獻給一更抽象的精神，而在
這樣的奉獻下修束自己的性格，而對「拉娜」的愛更是能相
融地熊熊燃燒。如此的境界對我太美太高，真的是可以激發
我不斷舉步向前，長遠跋涉的一片生命薄霧。正如Marcel最
後邁進那片薄霧，而不期地與成為「天主教教士」遇合了。

放下一切或不去愛，並非虛無的地獄，而是另有一條路通往
信仰的薄霧，那兒才有真正的得到與愛，而非是完全衝突
的。到目前為止，路並不相同。

四月四日

陽光照在我的身上，很好，世界一切都很好，除了我以外。

「欲望」到底是什麼東西？OSHO已回答了一部分，他說不可能靠著禁欲或壓抑使自己無欲，或克服欲望，唯有進入那個欲望，「瞭解」那個欲望，才能從欲望裡出來。他說「只能問自己的驢子要到哪裡」，聽自己身體的聲音，「接受自己已經是和已經有的樣子」。

之於一個女人的「欲望」，之於X的欲望，幾乎成了我生活的全部內容與痛苦。隨便升起一絲欲望，就會立刻帶來挫折，因為完全不能實現或不能立刻得到滿足，更會升高到想要摧毀整個關係，以逃開欲望本身。這樣的循環，就是我生活裡主要的苦惱。而這「欲望」似乎是漫溢的，它占據我發號施令的大腦，流進每一關節使我全身「癱瘓」，無法動彈。全部的能量都用於和這漫溢的「欲望」對抗，我生活裡根本完全沒有做成任何事，「欲望」是全部問題的重點。

我之所以抗拒去滿足欲望，一方面是求知欲帶來的分裂（可見對X和對知識的愛都不夠徹底），另外是對我的attachment的恐懼，恐懼它帶來關係的「真正」毀滅。如今我最大的「欲望」是逃開欲望本身，甚至逃開attachment（即使目前都是如此）對我生活體系的威脅與摧毀，這是保護自己免於重大危機的防衛警訊。

所有我該「關照」該反省的就是這個「attachment」，它的固著性和某些殘存已久的痕跡，或是長期壓抑它的力量，正是造成我這樣（生活機能萎縮）的主因。甚至我對婚姻

生活的恐懼，我全部「趨避衝突」的愛情經驗，都是這
attachment的反作用力。

問題的解決不是我抵抗或回台灣，而是學會如何「進入」欲
望的問題。欲或不欲下去都會是錯，行動本身並不會改變問
題的本質，只會改變問題的呈現方式，而是「停下來」，讓
自己停下來。OSHO說盤腿坐下來進入「瞭解」，而非知識
分析，不是靠自我意識的運作。

心理治療之於問題的本質是無用的。

很簡潔而肌理繁複的欲望語言。

四月二十九日

OSHO說得還是沒錯，唯有通過欲望才能瞭解欲望，欲望是無法繞開的，渴望愛時只能更去愛，愛的能量用到盡頭，才是「出家」。

就像三年前覺得自己對L已「用盡力氣」、「把熱情磨光」一樣，之後的那一份糾纏痛苦就蒸散、瞬間消失，我不再渴望她來愛我、給我什麼。不再害怕重挫她。唯有釋然、尊重她、為她祈禱。不再患得患失，讓她走、放下她。但為什麼會有這個時刻的來臨呢？對方是一個愛的實體嗎？不是。投出的狂愛回過來否定、壓垮自己。對方是一個被渴望的實體嗎？不是。無底深淵的渴望把自己拖進去啃個精光。說，停下來、看清楚她，面對你的對象。她對你的愛和渴望是如此無助、無奈、無能、眼淚、害怕與自我傷害（輕蔑），夠了，還不夠嗎？繼續的愛和渴望是繼續的壓迫，是乾耗。看清楚她作為你愛和渴望的對象有多可憐。這愛情有多貧瘠。

我能不改我愛他人的品質嗎？——自私的愛（不把對方的問題當成自己的問題）。她說的對。——愛不是由我界定的。

在愛情之中喪失自己又全部取回自己。全有全無。是這樣子的嗎。我是不對的。世界上不只有我所界定的那種愛情，不是那樣才叫愛。
我的愛有問題。

五月三日

不知不覺地自己成為自己眼中最不可能成為的「傳統女人」
——身陷愛情不可自拔，為追求愛情犧牲一切，甚至忽略、
拋棄現實成為被虐狂（虐待狂），憂鬱症的犧牲者。最後是
為了愛欲及對愛欲的幻想長久地忽略自己渴望發展的聰明才
智，長期地作為一個自怨自哀的可憐蟲。我從來不曾放棄了
愛情及心理學／文學（主觀的世界），這是我生命的兩大重
心，我的所作所為都是為了求得這兩大系統對我這「不合格
分子」的接納。之於愛情我是個同性戀，之於心理學我是個
「科學不適應症者」，之於文學我又不能入學院之高牆，但
我只是挫折再被挫折，但我卻從來沒辦法丟棄、背離它們，
只是為自己烙下愈來愈深的「不合格」印記。

如今我突然明白很多事，關於我的憂慮與恐懼，關於我的同
性戀悲劇史與面對社會的挫敗，都不是我在心理學裡所讀到
的「病態人格」，都不是我意志薄弱、懶惰，過去的痛苦經
驗史，能力不足，懦弱或不夠成熟使然。相反地，只要是我有
熱情的事，沒有一件沒有成功過，我意志堅強，勤奮，能
力超級、勇敢、誠實而具穿透力，之於內外在「人」的反省能
力也較他人成熟。我的問題是制度和男性加諸我的限制、威
嚇、輕蔑、挫敗與羞辱。家庭、學校、社會造成我對這一切
根深蒂固的恐懼（無形）與挫敗（有形），而我還無可救藥
地認同這一切男性價值，造成萬劫不復的「心理結構」。唯
有尋求愛我的女人的保護，唯有她眼裡有「我」的存在，這
是依賴愛情為唯一出路的「病」源。

五月四日

看到女人還是非常惆悵、非常落寞、非常悲傷——尤其是絕對理智、滴水不漏的女人。優雅的女人。

想到那種理智、那種完美、那種優雅的崩潰，以及無動於衷。唯有猗傑。想到一次又一次去攻破那種系統，那樣的生命主題，那樣的頓挫及恐怖。想到這一切還是只有亨利·米勒、太宰治及約翰（《男人的愛人還是男人》）那樣的人才是真實的，最最真實的。他們永遠把經驗推到最極限的。

不明白自己到底是不是真的在惆悵、在落寞、在悲傷，彷彿要突然朋倒卻又彷彿一點也沒關係。像是我所知道的陰道被陰莖捅入多次後就變鬆了，我悲傷的閘口變鬆了，一切悲傷的內容的進進出出都變得無所謂了。可怕啊，這人生。

我知道我那樣去愛一個人是「錯的」，不應該那樣去需渴一個人的。可怕啊，這人生。可怕啊，我自己。終究我就是要如此對待自己，一次又一次地傷害自己，一次又一次企圖毀滅自己，我總是逃不出自己的劇本。

那樣去渴望、去依賴一個人，是錯的。我會毀了自己，毀了別人，我的欲望根本就是毀滅性的，唯有毀滅（死亡）才能滿足我的欲望，其他的欲望都是假的。獲得愛／毀滅，根本是對立的，我追求愛不是為了獲得愛而是為了毀滅愛，是為了毀滅的欲望。這是最深徹無比的。

如何才能不要那麼敏感、情緒化，在與人接觸時不要去感受，卻同時要壓抑自己呈現出一套強的完整性出來？不要影響到他人。

我所求於X的我根本就得不到，我不能那樣去要求一個人的，我所要求的在世界上根本不存在。我總是試圖要站起來又被自己絆倒，最後只求一死。

我不能那樣去愛一個人的。當Leon狠狠地罵我——（為什麼那麼多次你都沒學到乖、沒改變自己），他吼著說（你所認為美的我一點都不認為美），（人都是一樣的，很多事很簡單就可以做到的。）我哭了一整夜，但當時我只是頻頻微笑。

五月五日

為什麼還是在騷動？心為何不能靜下來？我到底在等什麼？誰能告訴我我到底是怎麼回事？

昨晚聽了朋友的故事，以及「唯有自己的成就才是真的」的同性戀生涯的話語。可憐的人們，尋找愛卻總是失落總是空虛。

「理想的愛情」，之於我竟是存在於世上的。想到自己所愛的那個女人，自己有多愛她，自己投注了多少情感與力量在她身上。一個女人被我所愛，從少女變成少婦，她的變化，她的成長，她的靈魂，她的身體的每一部分，我都是如此熟悉，都是經我愛撫、注視、吸吮、滋潤而變得更美的，經我檢證且認可的一個如此美的女人的典型，使我的欲望／身體的無論如何也離不開她。

這樣的痛苦是正當的嗎？老天啊，為何我如此痛苦？讓我死去吧？

五月十七日

今天突然覺得兩手攤開，或許是暫時。

很多叢結、糾成一團、緊得不得了的毛線球，從前不管拉哪一條只是更緊得發痛發狂……，而如今突然到一個點，所有能用力拉的線頭都盡力拉緊，不可能再拉更緊了，只好全部放開且一起放開……。

很多過去我執著多年的東西，似乎該放開，它們完全不是我所想的那樣一回事，我多年來緊抓它們卻反而陷入泥沼寸步難行……比如說心理學和愛情。

比如說向內解剖自我、知識、以語言尋求與他人的連繫、為愛情瘋狂燃燒、因藝術而堅持的內在孤絕感，這些都是我多年所摯迷的「我」，交織成我的「傾向性」系列。能放開這個「我」嗎？

家庭和記憶、時間和金錢的罪惡感、向內和向外、在愛裡面和叛逃、恐懼社會和對他人打開界限、心理空間和自然空間、身體的印記和內在封閉性、知識和藝術、男人和女人、社會功利角色的壓迫和沒有角色的真實生活、時間的建設性與破壞性、對死亡年老的未知、恐懼和真誠、權威與暴力、愛人和自愛……，這些一起掉下來。

每個人都只有一個「意象」可逼近他的生命。

如今只想要學習詩、音樂、大自然和任何一個自然的人。

感謝塔柯夫斯基。

七月一日

在去Leon家的回程地鐵上我想起那封讀者的來信，她說需要我那本書喜歡我那本書因為需要一套系統檢查自己的感情，我依然不明白自己過去那套系統可以叫別人檢查感情，而自己又是正處於那套感情的系統，或是正在形成如何新的感情系統。今天是第一次跟Leon相聚，才彷彿揩乾自己滿臉的眼淚，看清楚自己所處的世界，看清楚自己腳底下在走的路線，我有點感傷，感傷在我和Leon關係裡的真正實際的東西，竟然是我所能擁有其實最好的東西，而超過這東西之上的，其實也是我所一直要求於人世最基本的東西，剛才我才在想，若是我與別人的關係都像我跟Leon那樣，沒有占有的成分，那該有多好，而占有的東西最後也會變得非占有性，而我所求的基本不就是有一個人（一個對我特殊的人）可以住在我的隔壁。但我卻必須為這樣的要求付出傾盡自己所有的代價。這難道就是我新處的系統嗎？

我常覺得婚姻是一種罪惡，且是無可奈何的罪惡。

我自己的品質也不能再如此繼續停滯下去了。

我想OSHO所說的，「唯有一個『深愛』過的人才能孤獨，不曾深愛過的人不能孤獨最多是單獨。」這句話可能是對的。這「深愛」的品質我想是我被召喚來到X身邊的鑰匙，或如紀德所說的是她和我所創造的理想人物間「所交疊的鴻溝」。老人院的經驗使我相信孤獨才是生命終極的「境界」且是必然抵達無法逃脫責任的最後一關。要到孤獨那裡，要透過「深愛」的漫長學習過程，唯有想像及信仰兩種力量可以幫助人走到那裡。

昨天我才在想自己如今的狀況又可以被哪個人的生命系統所檢查，今晚紀德的《遣悲懷》就來對我作全盤的整理。

我想像著機場的一幕，如果是這樣也是學會「深愛」或「深愛」的種子已被她種植於我心中的時刻。那會是柔暖和放心的。我召喚如此的想像。

（不，我並沒停止愛她。關於那一點，因為我對她的鍾情永沒滲入一點兒情欲，那份感情就不會受天時變化的影響而有所改變；我從沒有像現在這樣的愛梅德琳，衰老、彎腰駝背，眼上靜脈暴腫而讓我替她綁上繃帶，幾乎是個殘廢人，終於滿懷柔情蜜意的感激而聽任我照顧。）

（我只有將自己的注意力由她身上，由她的處境，由我們的關係上移到一邊，才能盡力保護我的寧靜，維持我平穩的性

情，並且對於生命本身，保持一些興趣。倘若在夜間我偶而想到這一點，便一點兒睡意也沒有了。我便陷入絕望與痛苦的深淵。在這樣的時刻，我覺得自己和從前一樣的愛她，感到非常痛苦，因為我不能向她表白。她強制我所採取的態度，她強迫我戴上的那副冷漠的假面具，她一定認為比我所能結結巴巴說出的話更為誠實。她對那很滿意；我沒有權利擾亂她因此而得到的寧靜。她為了要維持那份寧靜，就必須認為我已經不愛她了，認為我從來沒有十分愛她；無疑的，只有這樣她才能對我保持一種冷漠無情的態度。）

（我在夜間常有那種失敗的想法。我甚至終於認為我的愛情對她是個負擔；有時候，我責備自己說那份愛情是脆弱，是瘋狂，盡力要說服自己別再因此而受苦了……我不甘心讓我們的心靈分離。她是我在這個世界上唯一所愛的人，除了她我實在不能愛別人。沒有她的愛情我就無法生活。而必須將這一切瞞著她。我必須和她一起，像她一樣的扮演著幸福的喜劇。）

七月六日

Ｘ來法國已近十天。若說我有什麼感想，我只能說她一下子帶來給我太多東西。音樂、詩、愛、生活的內容、愛情的記憶與傷痕、克服困難與挫折的欲望……。一下子太多太多東西。以致我輕飄飄地分不清重量。

溶解。生活能溶解更多東西，那是什麼樣子？我常想要自己溶解更多東西。

包容。兩人間的生活唯有包容能鎔鑄雜質、藩籬、發出和諧的聲籟如同一個人在生活。

金三角的塔。我不知會先發展哪一面的塔，但我知道現今的生活是最底層的。

看畢陳黎的詩，覺得自己想固實且有稜有角起來，且知道自已可以做到。

七月十一日

（１）嫉妒。是不可說的，像一種祕密的自虐，一種自虐的享樂，一旦具之以語言，它內嵌為情欲之一部分的複雜度、曖昧性就要被蒸融，而只餘下苦澀澀、粗糙糙的威脅——威脅著當我們於愛欲的私人花園漫步時會拾獲陌生人的毛髮、牙齒甚至一根手指……，而我們將發狂樣奔……。

（２）美麗的孤絕。當愛情使我們雙雙資窮，愛晒日對絕望與悲傷不感興趣，我們已長大到甚至不該長大的極限。至此，我們常津津樂道我們擁有美麗的愛情孤絕，除開我們缺乏一個稱頭的賦別以外。因為我們總是找不到某些購物收據而必須繼續一起尋找……。

（３）打完第一百次架

我看你妝也落了，衣服也破了

我翅膀也斷了，羽毛也掉光了

我們抱著哭泣說到底要拿什麼去打第一百零一次的架

可是我　實在沒辦法不愛你啊

七月十八日

（我的性格結構已愈不適合寫詩，我要創作適合我的詩⋯⋯）

之於溫柔的、輕巧的、放鬆的、浪漫的、敏感於韻律的、愛X的方法，我是慢慢抓到訣竅，之於寬容的、自我控制的、不要求足夠被愛感覺，更自由自在，更自覺於所有粗暴、踩進、侵略、破壞和貪欲的細節⋯⋯，這些糟粕我倒是不知該如何是好。要把一個女人吸引過來很困難，要把一個女人趕走倒是很容易。

爭鬥。人與人間的爭鬥。從另一個角度看待人與人的爭鬥。

所有的不安、焦慮、神經質、嫉妒、暴烈、冷漠都阻擋在愛情之中⋯⋯，然而她對於這些卻只有閉眼、不語和懶惰⋯⋯。

像一本寫生簿又像一本剪貼簿⋯⋯。

七月十九日

「婚姻裡有許多痛苦」，我剛剛說出這樣的話，才彷彿炸開我一切感覺的最核心，好像已經很久了，我不曾體會、再進入那樣的痛苦，那樣的畫面──瘋狂、嘶吼、撕裂、互相嚙咬又突然捅進我腦裡，那樣劇烈的痛苦才是我所恐懼，我所逃避的吧？我不想再回到那麼孤獨、那麼醜陋的痛苦裡。

寫作（應該說是發源於寫日記）一直是我解除我孤獨的唯一方法，這片孤獨我也不知道我是怎麼發現的。也許僅僅是肇始於我發現自己渴望與別人說話，或承認這樣的渴望，之後，那片孤獨就愈來愈遼闊、無邊無際地遼闊起來。那是完全無法與他人溝通的，無法與一個活生生的人溝通，卻能和某些書溝通（也許這些書和我有相同的感覺），渴望和別人說話可是卻又不可得、不可得、完全不可得。也許我的寫作完全必須發源自對這片孤獨的誠實與承認。

七月二十七日

大部分時候實在不是自己要背棄他人的錯，實在是自己在愛裡所受的苦太多，多到自己無法承受的地步，多到愛本身反過來變得輕起來、荒謬起來。

（愁悲本無天可問，死前惟有愛難空）。要從愛而不愛需要更多更麼壓縮速度的受苦，而這樣的受苦猶如後選，是愛情之中的正當。

好長期的獻身與受苦，我不能寧靜。就獻身與受苦兩件事，這兩件事吸乾我全部的精力，真的是吸乾。離開獻身與受苦之外，我不相信自己可以和這個人有任何關係。不獻身和不受苦而愛，之於我是完全不可能的。愛的受苦，又只能由不愛的受苦來平衡。

更大的受苦，只能在更大的靜默之中得到平復。

彷彿一個吸聲音的點，你是不能對她投射自我的。她不是好也不是壞，她沒有對也沒有錯，既沒有主動的愛也沒有主動的不愛，所有的全部只是自己對她欲求、好惡的投射，於是要明白，一切都光清地反射回到我心中，只餘在心底自己與自己愛憎、欲求萬般情緒，對世界之解釋的角力、鬥爭罷了。她是光清的點，安靜、虛空、自然如她本身所如是。於是未來也不是要期待她該是如何，不要遺憾過去所失去的，也不要為未來她所將失去的受折磨……，在整個過程之中，只要明白所有的問題都要回歸到靜默的自己身上，並且盡力維持她的透明、光亮、無辜與自己基本的乾燥、固狀、可尊敬性，如果沒辦法這樣，而自己一定得陷入如楚浮的狀態，那就實在不是在面對一個他人，且怎麼也不是她生命的道理或邏輯了。

就如同日與夜的世界，不管我的世界要如何地膠著、複雜、鎖緊、暴烈下去，儘管她的世界也不是不會自己斷裂開來，但這些我都是不能再對她置一詞的，因為她完全不在我這些生命的道理和邏輯裡，這些都只是會被龐大的吸入一個點，而形成愈來愈龐大的空無與無聲……，徒然地形成她的扭曲，這扭曲的力量是完全沒必要的。自己也在空谷沒有回音的荒謬底下空爆……。啊，而我不能想像那將如何慘烈！

深夜總是顫抖著自己下一站要到哪裡去，清醒著算計著如何再活下去？

八月五日

我得為自己做點什麼事，就是為我自己，否則沒辦法度過這個難關。我不能再以過去的方式渡過難關了，我必須轉換方式轉換某種生命的態度，才能度過難關，且這次不再可以「不想度過」了。我得長大。

不能再對她作顯示愛、要求愛與了解的召喚，那之於她這個人到目前為止算是沒有意義了。當能求愛時去求愛，當不能求愛時不去求愛，這是生命中基本要受的。至於我自身的需要與要求，沒有理由必須在一個不能也不願回應我的人身上壓抑、截斷，我要再向我的人生射出想像的光芒。

八月十五日

（像一隻相信自己沒有翅膀相信自己不會飛的鳥；像一隻相信自己不會游泳的魚，雖然還是在游泳卻一邊游泳一邊流淚），這一季雖已在時序的心中展開多時，卻遲遲才從這樣的體悟流出筆尖，記下我生命新樂章的第一個音符。

飛翔。學習飛翔。十年來，畢竟我是在飛翔的。

八月二十日

羅大佑的《家》是那麼明亮，怎麼能還是那麼甜美而飾滿著希望的呢？他是怎麼做到在藝術裡做這樣的表達的呢？

不怪別人的。雖然要承認自己之於別人是個沉重的存在很難，沉重到別人的生命承擔不起，「沉重」這兩個字欲得我啞口無言，就唯有啞口無言以對。因為是一開始就心知肚明的，那份邏輯我是翻來覆去體嚐得再仔細不過的。如果別人是認清這樣的重擔而選擇離開我，那我真的沒話說，祝福她。

「追求幸福」，運用理性開展、組織自己的生命。

唱《鹿港小鎮》的羅大佑是用力的，那樣的「用力」就是最原始的感情，無需擠壓，從肺腑噴薄而出的力量，這就是第一義的「才情」。Clicly的白色、明亮、乾淨、寬敞、涼爽，可否作為我創作色澤的新的起點？彤打電話來，用開朗了解的聲音安慰我，真的像我所選來的親人，我說到自己很疲憊憐時、頓時陣陣辛酸翻湧上來，那樣親切的感覺自然地觸及了我最近的辛苦，使我軟弱欲泣……彤啊，我已經是爛命一條了，你說我傷痕纍纍，好像是你把我放在這裡任我跌撞，看著我頭破血流，再說你知道我的……但是我也不知道這條爛命要怎麼醫，從哪裡醫傷痕起？有時覺得自己快要倒下去了，可是又不能倒，倒下去就是「絕望」了。常常在瞬間覺得好虛弱、腦中一片空白，神經好緊好緊，不知如何跨出下一步、過完這一天？別人也會像我這樣嗎？你們都是怎麼樣熬過這種感覺的，告訴我好嗎？我的方法就是用爛命一條的方式，硬把這條爛命一天天捱過去，反正爛之上不會再更爛了。

生活很苦的，哪一種生活型式都有它的痛苦，唯有咬緊牙吃下裡面的痛苦，彤，成熟就是這種咬緊牙關的能力，如果沒辦法咬緊牙關吃下整份的苦，就會是虛無，一無所有。但是，彤，我常恐懼我熬不下去了，那恐懼是來自哪裡，我真的不敢深究，我怕自己瘋掉，我想那整個是我「瘋」的根源吧？彤你或許不能明瞭，但我確實是一直都在瘋狂的邊緣努力掙扎，不要讓自己完全被瘋狂拖進去，那像一個恐怖的流沙一樣……，我瘋狂的根源到底是什麼？是「愛欲」吧？我渴望被愛的程度我都不敢想像，就是那被愛的欲望使我要瘋狂，一點點不被愛的挫折就要整個將我捲過去，我恐懼熬不過去的就是這樣的「捲」啊，我恐懼自己不知在某一點時背骨會整個被捲斷，恐懼這個捲斷會帶來毀滅性的行為，毀滅我也毀滅她……。

我明白這「無限渴望被愛」是病態的，它就是病根，也是我們關係之中的病灶。它是所有我挫敗的來源，也是我攻擊她的衝動。如果我不能克制這件事，我勢必會失去又失去我們的關係，這樣的邏輯如今再清楚不過。

欲望是可以止息的。人是可以專注在自己身上，專注在其他事物上，使自己快樂一點、輕鬆一點，不要將自己的軟弱依賴到別人身上，和別人在一個更恰當、更準確、更游刃有餘的點上相嵌合，而變得輕淡起來的。如果不是重新去尋找那樣的點，人與人之間長期的相處幾乎是完全不可能的而這樣堅強有韌性的關係是可能的，但需要想像力，信心和要去愛的意志力，把自己導引到較好的生存狀態。

八月二十三日

（在一個時時否定你存在的社會，命名是爭取最基本權利的必經階段，而且這階段更不是過了便算，而是要像儀式一樣不斷重複、不斷翻新它的意義。）

（另類創作者的同性戀「妖言」書寫便要從「性」、「情欲」的多樣化來挖蝕男權／父權最底層的異性戀專制的根基。）

八月二十六日

我懷疑一個人再如何知道他的「病根」在哪裡，他能做的改變到底有多少。如今甚至連愛他人的動力都沒有，我想之於被愛的渴望，要求與等待是永不止息的，只是怎麼跑開，怎麼繞過去的問題，怎麼跑得漸行漸遠而遠離那「核心」，那觸發引動「病根」的核心。

之於「被愛」是沒有救藥的。

治療「被愛」的病痛我想唯有置之死地而後生這一條路，從古以往，都只有斷尾才能逃生的例子，斷絕欲望，心死寂滅……，唯有如此才能向前走。

跟自己說話，不斷地跟自己說話，在不斷跟自己說話之中使意義浮現上來，使勇氣湧流出來。

關於我倆愛情新的理論基礎；關於未來我人生的藍圖及基本原則；關於現前如何奔跑開病根的「核心」；關於圓成對待愛的哲學態度……，大致已備，還剩下如何處理創傷及面對創傷的威脅。

八月二十九日

離開吧，這裡一點都不值得留戀。我不知道自己還要留戀什麼，這個人，也就是這樣，如果這個人一點都振作不起來，那我再如何壓縮自己也沒用。我不是沒有問題，我的問題答易解決，我的情緒、我的瘋狂、我的依賴心，都是可以自覺而控制的。它們都沒有大過愛本身，但真正令我如此痛苦的是她自身的問題。一個人如果永遠都不長大，那他的問題就不是愛的問題，而是成長的問題。一個人如果不成長，要如何叫他去愛，要如何叫他在愛裡承擔必須對生命大聲說「是」、「確立自我」的責任，以及在「確立自我」的過程裡必須遭遇的與環境之間的緊張、衝突。

離開吧，沒有必要一定要傷害她。傷害一個人也不會使她成長。我已徹底懷疑我的委曲求全，我的無限壓縮自己，是否能使她成長。如果她一直都不成長，我就不可能不被傷害，我永遠都要如此被傷害的，想要努力躲開這樣的傷害，才會使我自己瘋狂。我的瘋狂不是完全都是我的責任，我是一路上被傷害、被傷害、被傷害下來的，一個不成長的伴侶才是使人瘋狂的根本原因。

任何的傷害都不是不去愛或不能愛的原因，唯有「不成長」才是根本的問題。我一直唯恐失去這個關係而要過度地去彌補她不成長的責任，而她竟然說得出那樣的話，說她只要一個能擔得起她那「不成長」責任的人，她才要跟他在一起。

從頭到尾我對傷害的看法都是對的，我們無窮盡的包容別人並不是愛的辦法，愛是兩個人扛水，需要相對的成熟，她要跟誰去她就去吧，這對我已經一點都不重要了，她需要的不是愛情，而是能使她那封閉，死寂的世界增添聖誕節的光彩，我就是聖誕老公公，可是她卻不能跟我一起驚著雪橇去追逐那光彩，她必須待在她那個安全的童年世界，那兒有她童年的玩伴，唯有如此，她才能探尋到她一直純潔無瑕，潔淨如天使般的「自我」，而當我這個聖誕老公公要拉著她離開那個封閉，死寂的世界時。

八月三十一日

來到海邊真的是有益身心健康。海的清涼氣息、廣闊空間和大塊的顏色，能治癒心靈的創傷。不被愛的瘀血、斑痕及怨恨。

身體不止地顫抖，內臟疼痛不斷作嘔，神經緊繃使我心靈不時被疲累欲暈倒……睡不著，吃不下，沒有力氣行動，無能專注精神讀書、寫作。這是我長期以來的「心理症」了。但最近發展成另一種方式，就是頭腦、身體、心靈三者分開。心靈彷彿逐漸被痲痺，身體是更早被痲痺，只剩頭腦的理智在運作，感覺不到自己在痛苦。當「頭腦」感覺到自己在受苦時，心靈壓抑、痲痺痛苦的力量早已嚴重扭曲身體，所以呈現出來的是嚴重的身體問題。

我不知道這些精神上的痛苦是否有辦法避免。我想是完全沒辦法的。我我想是完全沒辦法的。不被愛不被在乎而又被不忠與背叛。這些加起來真是夠受的了，但自己卻還難以抑制地想要去給予愛、諒解與寬容，不可自拔地依賴、依戀著她、渴望她的眷顧。克制著自己不能對她冷漠、粗暴、傷害或不愛。唯恐失去她更多或被她拋出來更遠……。這樣的表情，怎麼能不導致身體、心靈的「形變」呢？

精神上長期的壓迫、渴望被愛的匱乏，所導致的身體扭曲與心理變形，使我變成精神上耗竭而掙扎於精神病的邊緣，身體則完全弱化而毫無行動力與意志力。惡性循環而造成生命的貧瘠化，岩石化與孤絕化。一顆完全薄弱的靈魂與游絲般的心智，並且造成自己固著於向內的單一運動方向，而不能向外運動。

神啊，我想要奔跑起來，做一個健康、快樂的男人。

九月一日

（第一個批判是它認為學生的理想性是一切的前提。正因為學生沒有現實利益的深刻體認，而使其理想性缺乏現實內涵，而具有高度的不穩定性，導致無意識的盲動與缺乏累積的暴起暴落現象，當學生面臨現實的抉擇時，必定出現實踐的斷裂，繼之認識上的瓦解與重塑。）

（民間哲學的內涵是以個人的實踐為基礎，個人對壓迫的反抗所導致的解放，其實也是社會解放的過程。）

8 先人院（死亡）

7 至慳等跳出……建立一死亡……（正名三口）

5 博士之憑心（古典台句言語名學）

6 台匈一創作（時說非美）

2 語言文字（我）

4 單形表想像力的假手一說所明白主目沒……（性 生活）

1 生命的命題（命運）

3 語台去感覺（感覺什間）

九月三日

西藏喇嘛說：「人不是要拋棄這個世界，而是接受這個世界的離去。」這樣的道理我已明白過很多次，無論世界是以什麼形式對我展現出來。難道我年紀愈大就能要求世界讓我在這條規則之外嗎？

三十歲真正自立以前，不要想到「終身伴侶」的問題。一方面離自己能「自立」的階段尚遙遠，另一方面別人的人生也尚未確定下來。

彼此愛戀是容易的，只要適當的刺激物，加上年輕時期精神上的空虛，就會如火如荼地燃燒起來。但「終身伴侶」是一種將愛戀投向未來的持續生存狀態，是基於彼此想要相愛的意願、欲望與決心實踐過程，是對現實利益的深刻體認，不斷瓦解與重塑新認識是在現實內涵之中實踐愛之理想性的一種生存方式。這也是之於任何理想實踐過程的描繪。

我實在是不該太早把別人投入我對未來的想像和計畫裡的。這樣的固著只會使在現實的實踐過程之中增加阻力。

生活得快樂起來並不是什麼難事，我只是長久以來缺乏想像力，並且於深陷自己情緒的泥沼時缺乏轉換到生活表面去的「扳扣系統」。長久以來我並沒有建立將「情緒世界」及「生活表面世界」區分開的正確認識。

如今又就在向我要求這個東西，她在向我揭示她的愛之理想性，這是她對現實利益再體認之後，所塑造的愛之理想性的新認識。而如此的變革與衝擊，也正是她要將我帶上更好生活的召喚。

十月二十六日

我在想May所說的，在「我意欲」跟「我能夠」之間也還應該存在著別的等階。人在感覺到「我能夠」之前，有自我企畫的能力的。人可以靠著鼓勵自己、推促自己而使自己感覺到「能夠」，那就是人的自我說話。人在這樣的自我說話裡，策動自己、監督自己朝向那個「能夠」。

啊，我有多想分析「孤獨感」和「依賴」的結構啊。如果能從這兩個「結構」裡解放出來，那該有多好？齊克果分析「恐懼」與「憂慮」的結構。佛洛依德分析「欲望」與「死亡」的結構。May分析「愛」與「意志」的結構……。

在這之前，能不能先分析一下「自愛」的結構。

十月二十日

我看到一個吹笛的老人在大教堂前面背著觀眾吹笛，那笛子的聲音那麼柔美，那麼恬靜，那麼充滿喜悅與韌性，彷彿就在告訴我一種關於以後我可以活下去的人生的想像。我看到Strasbourg的河流裡，大白鵝在湍急的腐敗樹葉間悠閒地逆游著，秋的殘黃與敗變卻如在明鏡上冰涼而屏息地掠過。我看到Cathredrale大教堂的高、峻及美，只能用「偉大」兩個字形容，想要像它那麼偉大、那麼沉雄、那麼堅毅、那麼冷峻。如果我是Cathredrale本身，我就不須害怕死亡了。

每個女人都是一個myth，我唯有尊敬而不絲毫冒犯她們。

我說我得到自己的「元」裡來，我說我有一大片從前認為不可忍受的孤獨、虛無、絕望的疆域要自己去潤澤它，去Cathesis的。

昨晚隔壁一對男女在旅館的隔壁房間火熱地做愛，大聲地呻吟，而我在牆壁的另一頭「雞犬相聞」時，我覺得尖銳地被刺傷，被侮辱，痛苦這使我衝動地再度拿起刀割傷自己；而今晚我卻如期待一幕喜劇般地期待它再度上演，覺得那只不過是人類眾多的「傳說」之一罷了，而這些令我一向緊張、憂深或懼的傳說其實都充滿著喜劇效果。

當我又開始充滿愛意地寫作時，我知道我又開始愛自己了。

十月三十一日

在Cathredrale de Strasbourg。

神啊，我已經不再是小孩，不再是非男非女的怪物了。我已是個成人，我是完整的，我是美。神啊您就在我本身裡。當全世界都遺棄我時，我還有我自己，我自己會鼓勵自己工作，會陪伴我自己的孤單，會溫暖自己的絕望，會介入自己的虛無，會取悅自己，會愛我自己。神啊，我雖然恐懼被拋棄，不被愛，但我還是要走向我自己的真實生命，給予自己希望的想像，潤澤未知的那一大片黑暗，給予自己意義，光亮和繁花似錦……我已長大，不再那麼害怕生存本身了。

神啊，教我如何教我所愛的人明白愛的責任與真諦。如何才是愛之途徑？是要藉著無限地愛一個人，包容一個人，才能使她看到「作為需要被愛的個體」的我的存在，還是要藉著停止愛及願望才能使她明瞭愛乃是雙方都得「願意」去愛，且是得承擔這「願意」的責任才行。

當她說出「不能完成」也是「不願完成」時，我反而前所未有地平靜與釋然。沒什麼好繼續期待，願望及需要於她的，我得好好愛我自己，珍惜我自己。當她被「完成之必須」所迫來法國，她的意志和意向性已互相背離，就已「不願」來完成什麼。而對之於它們不能自己完成憤怒，之於我不能幫助她完成憤怒。她根本沒意識到之於這個「完成」她是自始至終站在局外的，在意向性上她根本沒把「完成」的責任放在自己身上。而如今她只要求我接受、承認她的「不能」完成，只要放開這個「完成」的責任，「回到原點」，這就是她所要的。

我得讓她明白真正的「不完成」是兩個人都停下來，不再去完成任何東西。我得讓她明白是她選擇把自己拋擲到一個新的過程裡來的，她得要自己走過這個過程，而無法靠著嬰兒般的幻想「回到原點」，置身「為這一新過程負責」之局外，把這種不情願的被拋擲之不快樂與責任，轉嫁到我身上，而使她意向「不願」愛我、「不願」完成。一切都是「意志」與「意向性」衝突的問題，與「願意」的責任問題。而如此的命題卻是前語言的，一形諸語言反淪為「意識」本身之辯論。

十一月十七日

我們學了太多給予的知識，卻不曾學會不給予的知識。我們並非無限的本體，當我們只學會給予時，我們就變成一個無限要求的「空」，我們是如此的「空」，以致於每一份給予裡都是要求。當我們只是給予時別人不知道、無能來愛我們，當我們懂得不給予時，別人或許知道、可能來愛我們。常常，我的情人在一個無限要求的耗竭裡無能掉了。

我們所需要的只是愛我們自己，哺育我們自己的孤獨、餵食我們自己的身體、教會我們在大自然和命運裡強壯起來、阻止自己成為一個空和零、阻止自己成為一個瘋狂和死亡。不給予甚至更優先於給予。

我們所需要的是創造象徵、迷宮、給予生命內容。

十一月二十一日

證言中的詩行　巴索里尼
（孤獨：你必須非常強壯
以便去愛孤獨：你必須有一雙好腳
和不凡的抵抗力；你必須避免
傷風感冒、喉嚨痛；而且你不可以怕
小偷和凶手；如果你必須走
一整個下午或甚至整個晚上
你必須從容的去做；不可以坐下，
尤其是冬天，當風刮著濕草，
垃圾堆中塗著泥巴的石頭潮解剝裂；
沒有真正的慰藉，一丁點也沒有，
除了擺在你面前的一整天一整夜，
完全沒有責任或窮盡。
性只是一個藉口。不管有多少奇遇——
即使是冬天，在被風攻占的街道
或襯托著遠處建築物的廣闊垃圾堆
也有許多奇遇——都只是孤獨的片斷：）

今天看了《草莓與巧克力》和《分離》兩部片，想起裡面的 Diego 和 Pierre 兩個男人的溫柔及面對生命的美學，自己內心突然升起生命的尊嚴，或者說，由於他們的美，自己突然如庖丁解牛般明瞭自己該如何面對眼前苦痛的生命了，我突然有勇氣踏出這個屋子了。

十二月二十一日

生命中有許多壓制——自我壓制，暴力——自我暴力，威嚇——自我威嚇，恐懼——自我恐懼。精神分析或心理學最多是照亮這個過程的「某些部分」，像是用「手電筒」照亮「過去」這條深邃黑暗甬道裡的許多許多「小點」。

而欲望是怎麼形成的？人生之中要怎麼面對「已形成的欲望」這一主題？這是Lacan開始在回答的，也是精神分析能貢獻於人類生存最有價值的部分。欲望是他人形成的，以他人的律法所形成的，而這個過程的「理解」，就是精神分析作為揭露生命奧祕的特殊曲經。而「女性主義」所能的是站在作為「生理」上為女性主體的被揭露者和揭露者立場，去檢查那些被揭露的「小點」、「手電筒」、架構與過程，也去修補那個揭露的架構及不（能）揭露的界限，或是顯出另一個揭露的架構以及自我揭露這種「另一個揭露」……。

死不是正我們的會停止庸主兒百？、花只自己庸主兒三正

十一月二十一日

我想我真的可以停止閱讀了，剩下的真的是把我的「問題架構」找出來，而這樣的「問題架構」必須生自我的生命及我的知識背景，必須是生自「給予我創作欲望的部位」的，如此再去尋出回答它們的「材料」，及梳爬這些材料及與之辯證的「策略」及「立場」，並且提前訓練自己形成如此的立場及擁有如此的策略之能力。

1995

一月五日

「客觀世界」，我想到X跟我說的，我缺乏「客觀世界」。

如果我開始工作了，我早就完成了某些事了。

一月九日

我坐在這張大桌上，再度感覺天寬地闊起來，感覺輕鬆、乾淨，覺得劫難已過，執著的罪業已過，那樣的無明，晦暗，死水與毀滅通通化為穢水一般流向溝渠，也把我這條生命上所長的諸多「人面瘡」洗去，至少澆上聖水使它們滲出膿業出來。

創作，是盜取生命的才能，神、鬼、人、天堂、地獄都要去過過，發了狂愛病之後，發死病，發瘋病，失去一百遍，失敗一百遍……，這些都是盜取生命的才能，這些都是生命的寬廣度、深邃度，真的是盜取生命的才能啊，把自己生命裡能有的「角落」體嘗到盡頭，生、老、病、死、貪、嗔、癡……，細細咀嚼之後通通吐出來，這就是藝術家的秉賦和天職。

我坐在這裡，這裡是Paris，重新找出我的畫筆，我的那支畫筆，神像已毀殿堂已倒，我的那支畫筆又重新從傾頹的生命牆垣露出，它在那裡對我微笑，對我說：「你還有我，我還在這裡」，它要我去磨它，它要我去用它，它要我去餵食它更多文字與現實。

神像已毀殿堂已倒，到底什麼是神像，什麼是殿堂呢？曾經有過神像嗎？曾經有過殿堂嗎？我不知道，當神像和殿堂出現時，人就該死了，該受磨難，「天地不仁，以萬物為芻

狗」，人就該從祈求神像與殿堂裡直至眼見神像與殿堂崩塌、毀朽、灰飛煙滅……而這樣的過程就是神給人的磨難，就是人注定要熬受的劫難與執著……。

神像，該把它砸毀；殿堂，也該放把火燒了。停止去祈求神像，也停止去建造殿堂。有一天，或許，或許神像會出現在我面前，或許，或許殿堂會展現在那裡，也或許，永遠是瞬間即逝的幻影，永遠不會出現，或許唯有根據自己心中那渴念的幻影建造自己為神像，建造自己的生命為殿堂。

孤獨是什麼？沙漠是什麼？家是什麼？情欲是什麼？性欲是什麼？色即是空，空即是色啊！這些都是我將它們置放在我心中的。

去生活吧，去挑磚吧，去學習吧，去畫畫吧，去將「允諾」許給別的什麼，去學會熱愛生活的那些線索吧！大筆大筆地畫，大步大步地生活。

一月十日

今晚從八點和室友們做飯開始便淚流不止，整個晚上淚流不止，淚流不止，一個晚上發生了太多事，所有的悲傷都集中在今晚發生，交會，為太多事情哭泣了，幾乎是為我的一整生哭泣，默默流淚，靜靜，不敢出聲地掉著眼淚，吞著眼淚，因為還有他人在我的空間裡，因為我好珍惜這些他人在我空間裡的存在哦，我不願使他們不自在，我不願驚動他們，我知道我們愛他們……。

我們在做飯時，X打電話進來，說人已在地鐵站了，給我送信來，也想看看兔子，我支支唔唔，最後還是不讓她上來，她說那就把信丟在信箱裡吧？我說「好，謝謝你了」，就把電話掛了……她給我送來兩封信和今天禮拜二剛來的歐洲日報，我洗菜、吃飯、看電視、洗碗、刷洗廚房、磨蹭了一個小時才下去拿，怕X還有萬分之一的可能待在那裡……。有人按門鈴，回台灣多時的阿興出現在門口……躲在浴室裡對著鏡子哭泣……打電話給Leon開心地聊電影聊他的健康情形，趕十二點的地鐵給Carole送報告過去，我們什麼也沒說只談貓玩貓，像大辛治和給他藥吃的藥房老闆娘……，E打電話來說要去應徵工程師說今晚不能來要再約我明天去看攝影展……。

（世上親人如你，愛欲形貌再苦再不平，還是在的。）

為了這一句總結我一生的話，總結今晚發生的一切的話，哭泣又哭泣……。

我想我是夠聰明，也是最聰明的，我早就懂得這句話，我也勢必一定會吃下這句話的。我早就明白這句話是總結，但似乎要等到K對我的命運說出這樣的判決，畫面才平衡起來。我知道整個形勢的——還太小不適合來愛我，她必須長大，必須，然而她長大的方向卻不見得是朝向我的，所以我唯有接受必須失去她這件事，我唯有停止對她的期待與依賴，放她走。K是注定不屬於我的一個女人。Carole是繼續悲傷地幫助我，觀望我的藥房老板娘。我眼看著E逐漸走進我的生命，她以平穩無華又好奇的步伐正在走進我的陷阱……。

老天請保佑X平安長大，不要受太多的挫折才明白人生的道理……。

一月十一日

（當我們曾經深切的愛過一個人之後，就不要再恨他了吧，如果不能再愛，就把愛化關心、化成理解、化成清澄的智慧與明心。

如果要做香爐，也不要死都吐著怨恨的絲；如果要做蠟炬，也不要永遠流著悲傷的淚。

「落紅不是無情物，化做春泥更護花」，這是多麼優美的境界，一朵花化成了春天的泥土還護著一枝花，而花是不可能永遠開在樹上的。）

K的信把我最近的困結全都解開了，所有的來龍去脈，所有別人為何要如此待我的癥結，所有自己為何會招致如此下場的關鍵，所有別人的委曲及自己的委曲全都歷歷在目，自己也貫通血脈，明白了更多、數深生命的道理及「愛」的道理（而不只是愛情的道理）。

是的，如K所說的——（再不要忍受別人的傷害了）。在那些情形下，我真能不感到傷害嗎？我真能不感到痛嗎？在那些當下，我真能感覺到相反的東西，感覺到被愛、被善待、被照顧嗎？或說如E事後所說的覺得別人也不是要欺負自己，我真的能覺得沒有被欺負嗎？難道別人對我做的都是相反的而我硬感覺成可咒的嗎？我就是在那樣的傷害底下還硬要去愛別人，還硬要去維繫那份愛的關係，還要緊緊抓住原先愛的承諾不願失去這關係的一絲可能性，才會在持續忍受別人的傷害底下將自己蹧蹋到不堪的地步啊。而離開那樣的依附、離開對那承諾的執著，也就離開傷害、離開蹧蹋……「放下」一切，我覺得很舒服。「放下」一切，我真的覺得很舒服。

一月十三日

總算有個家，總算把自己安頓下來。算不清這是我第幾次搬家了，是我在法國的第五個家，卻是我人生的第十五次搬家，也許，也許，這是最困難的一次，也許不是，因為我是九命怪貓，受重傷，但我仍活著。

再度（不知是第幾度）回到一個人的狀態，悲傷嗎？必須堅強。E說的，（人總要accrocher住某些東西，連死都想過了，就沒什麼不能活的）。似乎除了傷害自己以外，就沒有什麼悲劇了，沒什麼要哭泣的，沒什麼要悲傷的，如果能停止傷害自己，讓自己accrocher住某些人，某些事情，某些東西，這就是X所說「客觀世界」的祕密，也是K所說生活的「祕密美學」，悲劇的深度就會驟然頓失。悲傷嗎？似乎一次比一次明白別人，明白愛，明白生活，明白人生，也就一次比一次諒解更多，一次比一次能包容的更多，一次比一次能悲憫更多，人也就更溫柔、更美麗了，悲傷的場景也就溶化在這些溫柔與美麗裡了。

我二十六歲了，聽起來挺嚇人的。我真的在「現實」裡會長大嗎？兩個女人都告訴我要「愛自己」，我真的會學會嗎？我真的會明白什麼是、怎麼去「愛自己」嗎？我真的會完成有關「愛」最後這部分的拼圖而變得「適合愛人」嗎？

（人間沒有神像也沒有殿堂）啊，啊，啊！

於是，（浪子回家）去啦。

老師說：工作吧！應付人生的苦難唯有工作。

想起大椪頭說義大利男孩在上飛機前，她送他一塊玉，他不願接受，他說他要她愛他，她回答說：愛不是禮物。啊，愛不是禮物啊！

一月十四日

讀了《中國五四女作家心路紀程》後，愈來愈明瞭女性作家（藝術家）為什麼不能成大器了，社會所加諸女性的客觀束縛太多，那是我所說的「結構性的共犯」，而女人被養成的性格又造成主觀的束縛。一篇篇女性命運的血淚史，蕭紅、白薇、丁玲、蘇青、張愛玲、盧隱、白評梅……除了張愛玲外，其他人都被湮沒、被摧殘掉了，而蕭紅臨終前勉強衝出泣血之作。

女性受限於對男性的「愛欲」，而在這「愛欲」裡的「自我犧牲」、「無怨無悔」、「壓抑自我」、「無限等待」、「無限忍耐與包容」，正是女性從來都無法以自我為「中心」去看待、對待世界所造成的「被虐待狂」、「被犧牲」、「被窠限」、「被壓迫」、「忍辱負重」、「恐懼反抗」之性格系列。這樣惟恐失去愛而以他人為「中心」的根深蒂固傾向，帶給自己無窮的「被傷害」、「被欺負」、「被不負責任」、「被不公平」、「被拋棄」之人與人對待經驗，也是悲劇的一生。「以愛換愛」是根結的苦難，認為要得到「一丁點」的愛要用「一整船」的愛才能換取，認定「自己是不值得被愛的」、「自己根本無法愛自己，愛生活，愛生命」、「如果不先去愛別人，別人完全不會先來愛自己」、「如果不依靠別人來愛自己，自己就無法解決孤寂和性欲的問題，要永陷於黑暗地獄，沒有出路。」就是這樣的「以愛換愛」使「愛欲漫延」而由愛欲的「主體」變為愛欲的「客體」，由世界的「主宰」變為逃避現實世界的「被宰制者」，這些才是「沙漠」的來源。

而男性對女性的「愛欲」模式，是以自己為「中心」，「萬物皆為我所用」的「攫取」、「使用」模式，而在人與人

的對待上若其主動要實現的欲望與他人衝突，男性也習慣
付出代價，精神或肉體受暴力的代價，而這「習慣」是從
他男性的生活史中經歷到，練習出的。而男性換得愛的方
式，是使自己增加主客觀條件更值得被愛，是使自己更成為
世界及愛欲的「主宰」。男性欲望、選擇、追求、要求、評
價，拋棄他的愛欲對象。然後再循環，他給他的愛欲對象制
定律法。如果他的對象不遵守律法，他就繼續「攫取」（欲
望）卻不給予愛。並且斷絕女性一切「愛欲」來源（藉助為
「使她無能、無法欲望他人」或整體男性控制女性的「共犯
結構」），使女性受懲罰、受孤立、被置於「沙漠」之中。
男性活在世界上，自己制定律法（畫定範圍），自己去實踐
如此的律法，也主動拋棄如此的律法，為追求、承擔刻苦耐
勞、專注奮鬥、犧牲、與他人衝突或斷絕愛欲的付出，也為
追求的失敗甘心付出精神或肉體受暴力的代價，所有的恐
懼、挫折並不內射為自我傷害及自我貶抑。

而我今天在想從前的愛情失敗時，我告訴自己如果對方是一
個不值得我愛的對象那我就是白白在糟蹋自己。如今我自問
我還能想從她身上得到什麼？我所求於她的不是及了一個
「幻覺」嗎？性、熱情、忠誠、依附、浪漫甚至對這個關係
基本的「承認」都闕如，勉強還算有的也唯有「日常生活的
體貼」了。我到底還要緊緊地依附於她什麼？我還在這兒不
清醒什麼呢？我什麼也不會得到的。

我現在才算明白「婚姻」的意思是規定著兩人願意一直保持
誠意的發願。

一月十九日

讀了彭明敏《自由的滋味》後感觸非常深刻。回頭想想過去是否曾經讀過如此令我感動的台灣人自傳，我想幾乎是沒有的。原因是沒有一個人像他那樣活過高密度的智力與經歷之生命，且他的聰明又足以使他將它們提煉出來，成為「有力量」的話語。而在這裡所展現的是智力的、藝術的，甚至是生命鍛鍊之後的體悟。這些才是「力量」的內涵。

覺得這一切遭遇都是自己不夠「聰明」所致。自己不夠「聰明」才會被男人所壓垮、所挫傷、所壓抑。我的一生至目前為止，不被女人所接納、所了解、所平等對待（相對於他們所會對待於男人的）。我所愛的是不太了解我的美與價值的女人，也不知如何包容我的缺點，更不知如何和我一起度過情感的困境，如此的女人。這些都是緣於自己的不夠「聰明」。如果自己任由自己被哪個女人所遭踢、所拋棄、所虧待，那也是由於自己的「愚蠢」。

自己的個性不改變不行。自己的「欲力」座標不改變不行。自己對生命期待的座標不改變不行。對生命的期待……。

《新天堂樂園》裡最後Al Franco死後，Toto回來奔喪。最後幾幕，其中之一是長大變成大導演的Toto在自己的小房間裡看從前所拍攝的初戀情人的八釐米影片。最後一段是他個人在美國大放映室裡看一捲老人臨終前送他的底片：從前所有影片中限制級鏡頭剪下來的集錦，那是老人欠他的一份禮物。冷漠麻木的電影導演在最後這兩場時忍不住掉下眼淚。

想到那對人世的純潔，對愛的美麗，就這樣消失得無影無蹤了。想到《春雪》裡的「純潔」與「美麗」，人對自己的純潔與美麗的幻滅。有些痛苦的「界限」，你不願承受，不願去逾越，不願去被踐踏。然而活在一個「愛」的生活裡，「所謂愛」的模糊範疇、曖昧關係裡，「這些界限」一個又一個地壓出來，一個又一個超過自己忍受痛苦的極限……一直至某些痛苦的「界限」你不願忍受，你不願它出現在這世上，於是你不願再活在這世界上。

眼淚代表「人性的尊嚴」。耐心帶來「愛的禮物」。而「人性的尊嚴」裡即有種種具體精神、肉體痛苦臨到人頭上時（死有重於泰山，有輕於鴻毛）的自我挑戰，「愛的禮物」。

一月三十一日

找到安哲羅普洛斯的介紹書。想到藝術裡那裡的風華眼氣度，唯有在藝術裡表達出那樣的境界，人生才算滿足，值得。唯有堅持要創造藝術，堅持要藝術，藝術才會真正被實踐出來。

藝術家經對是對生命有大魄力的人。那樣的魄力經對是對生命（自己）、對世界（他人）、對藝術（意義）的魄力。這樣的三種魄力才能真正造就一個藝術家。藝術家是基於一種強大的願力的存在意志、存在形態。而尋找到如此魄力的出口，勾勒出這樣的存在形態，就是一個藝術家一生中要走的生命路徑。藝術家需要的是了解現實，練習藝術表達工具，奔馳想像力於現實之上，尋找善思藝術表達的形式，以及在人生和人類文化的遺產裡受教化薰陶獲得領悟及汲取靈感。而面對生命，也是如此的。人需要去練習自己的生活工具，人需要自己尋求自己生活表達的形式，人要自己去瞭解生活裡的元素，自己領悟生活裡的意義、命題，自己學會擷取自己的生活。

重新開始吧，世界何其之大，跌倒了再站起來便是，只要知道自己是如何跌倒的就好。生命何其闊綽，何必計較那些小小小的創痕和傷口呢？自己可其富足，何必對別人虧欠自己的債務斤斤計較呢？胡適不是說嗎？「永遠有利息在人間」的。為了要使別人明白自己的過錯，為了要別人明白其對不起我的地方，為了要讓別人能依然眷戀我這個人及這個關係，為了要向別人顯示所曾經發生過和所曾經努力付出過的意義，為了要使別人償還所虧欠我的一絲一毫，我甚至要以這迫迫的方式去向別人乞討成一張沒有任何人會當成一回事的「借據」，我難道還不夠羞恥嗎？人生之恥還有更甚於此的嗎？如果這樣的形勢我還看不破，還要繼續要求下去，置自己於更深的「恥」之中，那實在太對不起自己啦。

停止這一切討債的鬧劇吧，人生情啊欲啊再深，有什麼更大了於喪失「個人尊嚴」的，有什麼好再割捨不下，失去不了的？

一月一日

再讀了《許曹德回憶錄》感觸愈發深刻，想想像這些受壓迫的人那樣的「生命觀」，那樣求生的堅韌性及意志力，面對遼闊且危險的世界之獨立性，如此正是絕對的「人格的獨立性」，而求生與獨立性這些正是我所最缺乏的，這可能由於女性、文學教育及同性戀命運所受到的影響及限制。自問自己能為台灣帶回去的是什麼？無非是一套審美及思考的品質，一套生活方式的想像力，及對於自己易感染而脆弱之生命遺產的徹底反省及清流，最後才是重新設計一套訓練自己表達能力之方式，連帶地清算、改變自己關於求生及獨立性這兩方面的體質。作為一個有強勁創作力的文學家，堅固的「政治觀」及人格的「獨立性」是基本的骨架，加上求生的意志力及堅韌性為創作的身體，否則是如何也強勁不下去的，中國兩百年來沒有「強勁」的文學家出現，除了政治的殘害扭曲之外，具備足夠的天賦及願力成為文學家又同時具備如此求生的堅韌性及意志力的人，卻是少之又少。而一個文學家的出現，代表的是一個「完足的想像力世界」的誕生與創生，那是人類意識及民族記憶的孕育，較其他角色更重要，而一個「文學家」的出現是由一代文學家的出現及一代正確的文學意識、文學機構制度而培育出來的。

一月六日

進了「女性研究」，跟了一個「文學」的女師父，我著著實實面對了這個階段的大問題：「我要有什麼？」、「我要像什麼？」光是論文的研究方向就已經為我自主或不自主地選定了一個方向啦。我能再像從前那樣說這些不是我所喜歡的、這些不是我能喜歡的嗎？我已經慢慢地在喜歡這些東西、慢慢地在「有什麼」、「像什麼」了。既然我跟了這樣一個老師，我能不臣服於她嗎？我能不學習到她的靈魂、她的研作曲經、她的創作境界、她的生存藝術嗎？之於我的學生，我能不去思考我要教給她們什麼？我要讓她們看到一個像什麼樣子的我之典型？我要留下什麼樣的創作作品與內涵供她們去研究與追尋呢？

四日那天，老師震撼了我，深深地震撼了我，使我整個生命都深深地發顫、發顫，為自己的意志薄弱、浪費時間與蹉跎天分而深深地發抖，深深地發抖。我會記住這天的。

一月七日

關於論文寫作，也是一件無聊的事嗎？不，我不覺得，我不相信，我也不要它變成一件無聊的事，而我也相信我「能夠」使它不變成一件無聊的事。寫作，創作，組織觀念與文字原本就是我的熱情所在，正如老師第一次見面問我的：「你怕不怕工作？」「你是想要寫作還是想要成為一個理論家？」——「你想寫，好吧，那麼你的法文會進步的。」老師的世界，老師所代表的世界，不令我感動嗎？她不正是我想成為的人嗎？由一個意志薄弱的人變為一個意志力強如老師的超人。而「閱讀」，以老師所謂「超人的胃口」去閱讀，不也是我最大的樂趣嗎？而把自己閱讀之後的汁液濃稠地榨壓出來，不是我想培育創作人才的想法嗎？論文寫作，不就是這樣一種訓練嗎？它是需要學習的。論文寫作，更是獲得權力的一種方式。

二月十三日

創作原本就是對人、對文字、對所謂形式、對世界新的想法罷了，那是一種絕對的熱情。正如我所說的，作為一個情感的存在，對生命所要發問的點與理性的科學不同，所從而要向前論述生命的發動點也不同，作為一個情感的存在類型面向，我相信我自然能找到令我論述激動的發動點與關節脈絡，而這也就是教育我形成世界新觀點的養成過程。

認認真真考慮「放棄一個人」，一個不值得我愛、不值得我尊敬的人，自己一點都不悲哀。放棄這樣一個人根本就不是我的損失。我還能損失什麼？我到底還能損失什麼？隨便一個人，更個陌生人對我都會比那個人對我更好、更友善、更熱情、更無私。而一個人的「善意」是可以直覺感受到的，「善意」就是「善意」，「善意」像是一種微電波般會流進毛細孔裡，像隔壁的女孩。如果人性是不能信任的，不可理喻的，不可相了可計較的。經歷過這樣的創傷之後，我實在是不能再信任那個人的人格，不能真心喜歡這樣一個人，那根本不是愛。我心裡除了恨以外，毫無其他真實情感。

「放棄一個人」意思著什麼呢？

三月五日

（關於暗殺發生後應該做的事。我讓一些人感到憤怒、挫折或是發狂，但是我希望他們將挫折或憤怒承擔下來，而不是去示威遊行。我希望愈來愈多人能勇敢站出來，我希望看見到每一位同性戀醫生、同性戀律師，以及同性戀建築師站出來，讓全世界知道他們，如此才能在一夜之間終止偏見及誤解。我熱切地要求他們如此做，要求他們站出來。只有這麼做，我們才能獲得夢想得到的權利。

我要求這個運動持續下去，繼續成長。因為上星期我接到一通從賓州打來的電話，知道我的競選運動已給了別人希望。畢竟，這才是這個運動的真諦，改革不是為了個人利益，不是為了自我，不是為了權勢──而是為了給一位還在賓州的年輕人新希望。你們必須繼續給別人希望。）

（如果有顆子彈射進我的腦袋，就讓這顆子彈一併摧毀每扇密室之門吧。）

Harvey Milk「新同性戀愛情觀」：「身為同性戀者，我們不能採納異性戀模式，而必須發展自己的生活型態。沒有理由限制我們一次只愛一個人。你不需要對他們愛得一樣多，對某些人你可以愛得多些，對某些人則愛得少些──只要誠實就好。當然，他們也可以這麼對你，如此便可以展開更廣的人際脈絡。」

三月十六日

今天是今生第二次嚐到在愛情裡「被拋棄」、「被背叛」的滋味，這件事在暗中、地下進行長達八、九個月，我卻在今天硬生生頂上了，我才真正明白那是什麼，也才在不久前我才在房間裡、在地鐵裡才想清楚自己該怎麼應對這種事，自己才真正放開這樁愛，真正自這場長期的痛苦裡解開。

我一直跟自己說話，一直跟自己說話，因為昨晚我首先發現：（1）唯有我首先恢復跟自己說話，我才能得救，我才能重新尋回自我生存的尊嚴，而太久以來我已喪失跟自己說話的本能，我只像嬰兒一般依賴跟別人說話，卻忘了怎麼跟自己說話。（2）我還有一些想要做的事，那些是撇開所有時間、空間、主觀、客觀的限制，我油然地想要做的事。（3）我想要跟K過一段平靜、美麗的生活，還我自己的本來面目。（4）我想做一些事來完成我這一段殘缺愛情意義的責任，那是對我心中「愛情理想」的交代，即使別人不能跟我一樣，但我仍希望在一次又一次的跌倒與痛苦中，學到如何賦予這種「不可超越」的創傷，與苦的意義，而這次的命題是：「美麗地開始，美麗地結束，因為我是美麗的。」（5）我想要寫詩，我感覺到有一股熱情要為寫詩，是我開始寫詩的時刻了，我感覺到「詩」是目前我最想要創作的一種方式。

至於X這個人，前一年半的他是我想要做些事向她致謝的，那個他是我理想中的愛侶，我將永存心中，後兩個月的她是我想為我加諸她的恐懼與暴力致歉的。至於現實裡及未來的她

她，對我所做的事，對待我的方式是錯的，是我一點都不喜歡，也不是在基本「誠信」的默契裡應該有的，那是「非情非義」的人與人之對待。我不但一點都不能喜歡這個人，更不要姑息、縱容這個人。我不會以傷害的方式回報她，但卻要以更堅強、更巧妙、更聰明的方法抵制這個人，對抗這種人與人的對待。我明白我並不會失去什麼，失去任何人，因為一個我所愛的人對不起我，不能令我尊敬，除非那個人成長，再令我尊敬，能在以後對我有情有義，否則這個人根本就與我的生命無關。根本就不是我能，我應該去愛的人。

三月十七日

一整天下來累了，放鬆下來，我沒辦法不去想在台北到底發生什麼事，到底有什麼狗屁倒灶的事發生了。從禮拜一到禮拜五，我都在做搶救自己的工作，動用我在世界上所有的資源，我努力壓抑著不要再去多想「被背叛」、「被出賣」的細節，因為那實在太痛苦了。我不知道這些細節對我到底象徵著什麼，為什麼會如此痛苦，為什麼我的世界會整個改變過來，我知道從此我失去對一個人的感情、言語、行為、人格和品質的信任，這個長期的深深的「信任」是對這個人產生認識和熱愛的基礎，那是種下深深地要去完成愛情的強固信仰與強烈渴望之所在，如今被拔除了。

從今天開始我又得重新調整我的「人生觀」、「生活方式」和「生命哲學」，每一次的愛情失敗都使我邁進不同類型的思考型態，每一次的危機也都是一個新的轉機，每一次我都學到一個重要的東西。這次我學到的是「獻身」、「放開」與「何時不要再獻身」，這個歷程是生命中關鍵性的主題。

三月十八日

（1）唯有真正的痛苦才能夠使一個人真正地堅強。

（2）一個人如果還沒有辦法真正地堅強，那是因為他還沒經歷過夠多、夠深的痛苦。

（3）如果一個人的意志想要放棄任何重要的東西，甚至要放棄他自己的生命，那也是因為他不要他所擁有的東西，他不要他所擁有的那種生命他要拒絕。因為他是個人，他有尊嚴，他能不要某種他不要的東西。

（4）上天啊，隨你來剝奪我的，隨你來帶走我身上擁有的任何東西吧，隨便你想帶走什麼就帶走吧，原本就沒有一樣東西是屬於我的。

（5）你隨時都來帶走這些吧，這些都不是我的，當你帶走它們時我只想更謙卑，更謙卑，即便是多麼巨大的痛苦。

（6）我生命中的這四年就像沒發生過一樣，什麼記憶都不用再提，一個字都不用再說，那是一種生命徹底的「殘酷性」，這殘酷性正是一種絕對的美，這個絕對的美就是不原諒生命本身、不原諒自己的生命，而又熱愛獻獻地忍受它。像是一種完全對稱的殘酷性，也就完全抵消，什麼也沒有，什麼也沒發生。只留下我在殘酷性中學會的生命的道理。

（7）每個人都要體驗到「悲劇」的，否則也不是我所意謂的「人類」。

（8）痛苦比起幸福而言更美、更純粹、更絕對。

（9）完全對稱就只剩一塊「空白的歲月欄」，除了你明白
更多道理以外，什麼也沒有。

（10）除了自然地存活之外，人還有價值，還有尊嚴，這是
我的信仰。

三月十九日

波赫士說：「有一個女王在臨死前說，她說我是火我是空氣。而我卻覺得自己是破舊的泥土。除了創作以外，還有什麼是我能做的？經過幾年我發現幸福和美還是常有的。」

我發現世界或許沒有意義，在「人」存活之前之後，或許是。但是人就是被生為如此，人就是除了身體外還有精神，人就是會痛苦，會尋求精神上的價值與意義。在人活著的這個場域裡，人可以傷害自己，可以放棄自己的生命，人可以被傷害、被殺死，世界可以彼此殺戮、被毀滅，但只要人還在這個場域裡，人就是要有尊嚴的，人就是要堅持他的意義，人就是要拒絕他不要的東西，人就是要做些什麼事去抗拒，改變他所不要的東西及他認為不對的事。

今晚我去看Jodie Foster的《NELL》，然後我沿著塞納河散步，最後在Cite島上的另一端面對著塞納河的河央坐下來，唱著初戀時的《下午的一齣戲》及我最後唱給她聽的《不再讓你孤單》，淋漓地跟自己說了好多話，內心放映著好多好多我關鍵性的解答，我終於跟Paris有深刻的關連與熱愛，從我九一年畢業後到現在的四年，我終於解開一切，我終於明白一切，我終於明白這四年歲月對我鍛鍊的終極意義，我終於明白我一直這問自己，一直不饒過自己的某些生命終極問題。

該怎麼說呢？在電影院裡我邊看邊乾嘔，那樣的「嘔」是深深地發自我身體及靈魂的抽搐、燃彎與震動。我告訴自己，重要的是Jodie Foster的表情及這部電影的這個深處主題，生命或藝術中真正重要的是那個體驗生命體驗得好深刻好深刻而可以表現出那麼深刻的「聲質」，以及生命及藝術最深邃、最隱密處，也是最寶貴，最真實的那一點，那一點主題，那就是全部的價值與意義了。

三月二十日

無論是身體、表情、聲音、外表、創作成品、性格、成就、物質或靈魂，只要能使人成為一個像Jodie Foster那樣「被欲望」、「被愛」的對象倒是一個主題。

我常夢想能醒在這樣的早晨，這樣的涼爽，這樣的明朗，這樣清新的空氣裡，又是這樣充滿希望、喜悅跳動的早晨啊，那彷彿就是多年以來我所夢想的東西。

（她同時告訴我說：「記住，因為這些是不能忘記的片刻，所以永遠不要要求更多，已經存在的就足夠了。」

我還記得那個寧靜，火車經過了一個河床，每一個細節我都記得清清楚楚，我一句話都沒說，因為我不想打擾外婆，她也是一句話都沒說。過了一陣子，我開始變得有一點擔心她，我說：「講一些話吧！不要那麼沉默，它令人難以忍受。」你相信嗎？她居然唱起歌來！那就是我所學習到的，死亡必須慶祝，她唱出她跟我外公初戀時所唱的歌。

分離有它本身的美，就好像結合時也有一種美一樣；分離有它本身的詩，一個人只要去學習它的語言，一個人必須去經歷它的深度，那麼，從悲傷本身會產生出一種新的喜悅，它看起來幾乎不可能，但是它的確會發生，我知道。）

（你悲傷嗎？你開始唱歌、祈禱、跳舞。不論你能夠做什麼，你就去做，漸漸地，賤金屬就會變成貴金屬、變成黃金。一旦你知道了那個鑰匙，你的生命就不再一樣了，你可以打開任何門的鎖。這就是那支總鑰匙：慶祝每一件事。沒有一個死是真正的死，因為每一個死都打開一扇新的門，它是一個開始。生命復活。

是無止境的，永遠都會有一個新的開始，一個復活。

如果你能夠使你的悲傷變成慶祝，那麼你也能夠使你的死亡變成復活。所以，當你還有時間，你就好好地學會那個藝術，不要讓死亡在你學會那個祕密的煉金術之前來到，因為如果你能夠改變悲傷，你就能夠改變死亡。如果你能夠無條件地慶祝，當死亡來到的時候，你就能夠笑，你就能夠慶祝，你就能夠快樂。當你能夠慶祝，死亡無法殺掉你，相反地，你殺掉了死亡。但是要去開始，試試看，你不會有什麼損失的。）

三月二十三日

經過第十天，我做了一切幫助自己不要自殺的事。然而我的心裡還是沒有真正地平靜下來。我閉上眼睛睡覺，痛苦和恨還是一寸一寸地絞割著我。

要超過這樣的痛苦和恨，唯有進入自己緻密的內在，鑽深再鑽深，劈開數招再劈開數招，一直向內在專注而去。

我的心靈深處是充滿著這些這麼深的痛苦的。我怎麼能夠用什麼方法，有一秒鐘逃離它們呢？

哭泣似乎也安慰不了痛苦，只有去愛很多的別人以及更奉獻自己朝向靈魂地去工作，才能稍稍緩和一下那些痛苦對我的攻擊。同時我也在使自己變得更加純粹、素樸、天真、專注、深愛與無私之中，稍稍淨化了自身的痛苦而愛自己一點點。

如果我要死了，我最大的悔恨不是這些痛苦、恨、傷害、自我毀滅與醜陋，而是我沒有把握時間好好地工作，這是屬於我靈魂的責任。因為人活著的時候，重點不是外在的醜陋，而是無論如何，要盡量地歌唱出內在的美麗。

我知道我的生命還不想死，他還想要朝向一個更好的自己，朝向一個自我靈魂、人生更完善的方向走去，就像他所曾經

夢想過的那個美麗的自己一樣。每次當他的生命又遭受巨大的傷害、痛苦、混亂與醜惡時，他唯有再懷想自己內心的美麗，才能獲得撫慰與治癒，那個內心的美麗才是他活著熱愛與信心的根源。

再過一個小時我就到東京了。我從來沒想過會在這樣的機會再到東京來。我並沒有想太多。我只想給自己機會在世界上生還。之於K，冥冥之中似乎怎麼也把我們分不開。雖然我們從來沒有機會好好互相對待，但可笑的是，經歷過那麼多次離別、中間有那麼多不了解、傷害、怨恨、冷漠與背離，中間隔著那麼多人、那麼多重的差異、扞格與不可化解的宿命，然而我們還是站在一起。一起站在這世界上，我們還是真真切切地彼此需要對方。愛不是一件非常簡單、淺顯、易看清楚的事，愛是存在性、歷程性、經驗性、變化性、累積性的，我不知道我對K的愛是什麼、有多深、會如何表達，我唯一知道的是「屬於」在我們之間並不存在。我要無條件尊重她的生命，如果她想要做任何事我都會讓她去做，而我唯一能帶給她的只有歡樂、希望和柔情，哪怕只有一點一點。因為我了解她的生命及稟賦。

幸福和美果真是經常有的嗎？幸福和美不是只是一種官能的瞬間嗎？幸福和美是種人類幻想出來而投射到生活客觀的實體上的嗎？如果說是官能的瞬間，如果說是幻想的投射，那是有可能經常有是真的。但是如果說幸福和美是沒有一個更屬於「實在」的基礎的話，那還能算是幸福和美嗎？幸福和美真的是那種不能更深的、瞬間流動、沒有現實做基礎的。

三月二十六日

（有些樹木成長得比較慢，有些樹木成長得比較快。成長得比較快並沒有什麼特別，成長得比較慢也是一樣，在這兩種樹裡面有一個共同點：它們兩者都遵循它們的本性。）

今天早晨，已經是來東京第四天，過了三個晚上了，我不知道我是否已經平安，很多事是否已經都離我遠去？那些會攻擊我的，會令我悲傷的事。我想要下去散步，下去這樣微雨的東京市街散步，烏鴉在叫，在那樣微雨的市街散步代表什麼呢？要離開那些會攻擊我，會令我悲傷的事，走到一個清涼寬闊的雨境，走到一個讓自己自由的地方。

我不知道那些會攻擊我，令我悲傷的事，究竟是以什麼樣的形式存在於我的腦裡，我的記憶？我能有一個自己可以依靠的生活形式嗎？我能真正平靜下來，走向一個創作，內省的高度嗎？我知道我需要書寫，跟自己說話是是唯一能幫助自己消化那些攻擊與悲傷的方法。他們不經過消化能完全被遺忘嗎？是那些東西在拖住我，絆住我，使我飛不起來，生活真的那麼難嗎？生活真的那麼難嗎？生活真的那麼難嗎？我不相信，我不相信生活真的那麼難。難是難在哪裡？難是難在哪裡？難是難在肉體，難在精神，難在我的肉體沒辦法叫我輕鬆，難在我精神的那些沉積物那些攻擊我，令我悲傷的東西，難在這個「肉體頭腦」結構，難是難在不能說難這個「肉體頭腦」對我的羈絆與折磨。

關於一切，我想唯一的啟示，是我得改變我的生活。

或許，或許過去這十年來，我從來沒有受到足夠多的教訓，受足夠多的痛苦，真正體會到什麼是改變我的生活，該改變的是什麼，所以我沒有真正改變過我的生活，改變自己生命的體質。

或許，人要有足夠多的條件才會真正形成一個改變。那麼多的體會，那麼多的覺悟，彷彿才會圓成一個很小的圓圈，那個圓圈是稍稍可以乘載人浮在人生之上的體悟，也就是改變的發生。

那就是，無條件尊重別人的生命。這不是一件真正簡單的事，也許我從來沒有真正做到過。

人內在的成熟是怎麼一回事呢？是一種真正的真誠與誠實，而真正的真誠與誠實是需要勇氣的。每分每秒都活在深刻與真實裡確實是非常痛苦的事，那種痛苦在於不能須臾地逃離自己，不能須臾地離開生命中最沉重的負荷。老師或許是這樣的人，或許唯真有超人的勇氣才能分秒秒活在那面，連我自己都仍不是這個樣子。我怎能要求別人一直活在那裡面。

三月二十八日

我相信再過幾天我就可以好到可以寫詩的地步。今天能寫日記、看法文作業我已經很滿意了。

主要是吃飯、睡覺、專注在自己的生活細節上，這是最基本能幫助自己平靜的方法。

悟啊，悟到怎麼樣能讓自己再生活下去。什麼話也不想講，只想默默默默地在那兒漂浮著，生存著，一切的過錯、缺失都只想默默默默的。在默默默默裡，一切的一切都默默地流過。

吃好、睡好、平靜下來、產生力量出來做別的事。一定可以再活下去的，你得先平靜下來，不那麼激動，把過去那些事忘掉一些，把過去那些創傷包裹起來，你一定可以更美，更完整地活下去的。

這四天，彷彿來到了另一個世界，這另一個完全是另一套生命原則，如此的生命原則對我有著強烈的衝擊，因為與我的生命原則是完全歧異的。這裡的一切都是生活和理智的鋼牆鐵壁，情感在鋼牆鐵壁之間流動。不是沒有情感，而是情感在鋼牆鐵壁之間流動，是看得著、卻摸不著，非裸露的。不能說那不是生命，那不是情感，那只是另外一種生命，另外一種情感，與我所擁有的不同的。我慢慢地在調應這鋼牆鐵壁般的生活及情感，而較少像從前那樣在自挫中怨恨著，也不知道為什麼，覺得那都不重要了。相較於我全部的痛苦，真的一點都不重要了。

三年來K變了很多，也有很多是更不變的東西，非常非常豐富，我一時不知如何去回憶。似乎是她的情感和她的銅牆鐵壁都發展到更健全的地步。她擁有更深厚的情感卻要在更深厚的銅牆鐵壁裡表達。多年前，我和她爭論的焦點，不僅在語言，也在行為的衝突性。那語言和行為的衝突性曾深深地傷害我們彼此。行為的衝突經過多年的淘洗，琢磨已慢慢地磨滅掉了那衝突的基本形式。然而語言的衝突，並沒有改變多少。她的語言仍然是不負載情感及情緒的一種語言，也許更是截然如此。除了生活的言說及理智的切割之外，她的語言，她的語言有一種長年以來不曾改變的特殊之奇異性，她的語言對我，幾乎是完全無法負載任何情感與情緒的。這種奇異性我可說是長期在經驗著，如果我試著質疑或挑戰她語言背後所消除的情緒、情感，或要去探觸它的界限，我就會遭受到電擊。她彷彿是一個「失語証」的女人，我的情感無法藉由語言與她溝通，除了我情感與情緒的獨白，她聽得懂，她聽得見以外，她不能或拒絕用語言和我的感情溝通。於是這些年來，她的語言總規定著我的行為界限，即使那行為界限都是我們不甚明白的。啊，即使我們面對面，之間沒任何一個人，那行為界限仍規範著我。

三月三十日

有時候你想，無論如何還是活下去吧。雖然你不知道下一步要往哪裡走，但你知道你必須改變你的人生，必須改變你的生活條件，讓自己往一個離瘋狂與死亡較遠的方向走去。

從前所讀塔柯夫斯基說的：古代日本的宮廷藝術家等到藝術臻於一顆境界時他們就遠走他鄉，改換一個身分，改換一個名字，改換一個人生，重新去創作一種新的藝術。我想人生元素沒什麼是不能轉換的，這才是在自我生命中的獨立。

三月三十一日

（我們因為每一次的愛，所引起的痛苦，都必多多少少地在我們的心靈內留下了一小顆生命的種子。於是當我們所經歷的痛苦已經很多很多，同時更使我們心靈中，已經那些生命的種子充滿起來的時候，我們就自自然然地，再回頭來把我們心靈中的那些有分量的種子，統統給扔掉了，這樣我們的心靈就可以有充分的空間去容納一切人、一切事物，一切遭遇，一切打擊，卻再也不會因愛而痛苦了。）

首先是接納自己的命運，這個「接納」好重好重，再也不要羨慕他人的生命，唯有這個五體投地的「接納」，接納自己命運裡的重軛，獨獨特特的重軛，命運才會開出花。自己命運裡具備的元素其實已很完備。

四月四日

怎麼會失去創作的欲望的？這到底是如何的過程？愛的欲望吸走了全部創作的欲望及基礎生活的欲望，如此的愛的欲望是什麼？它是對一個人的生命好的嗎？一個人不能專注在自己身上，全部的欲望集中於外在的某個主體之上，這是一種過度的氾濫現象，不能忘他又何能忘己？人存活於世，如果沒有一個片刻或在某種時間性裡真切地體悟到「孤獨」的本質，並且在這種孤獨的本質裡與生命和解，自在和自我悅納，否則不可能減輕人與人之間相牽繫的痛苦，不可能減輕人逃躲孤獨之苦，受孤獨之苦的重量。生命中的苦，肉體病痛的苦為最，孤獨無繫之苦，恐懼焦慮之苦，失去受剝奪等之苦，人世的傷害侮辱之苦，失敗挫折之苦……這些苦痛，如何減輕？如何減輕？在內在的精神性裡接受這些會造成生命及人性之苦痛的內容及現象，在內在的精神性裡徹底接受這些苦痛的內容，人儘管遭遇到如何極限性的遭遇，也唯有在內在的精神性中接受更多，在內在的精神性中產生更大的力量，才能超克，才能超克，世界上唯有內在的精神性才能超越生命中遭遇性的痛苦及不仁，唯有內在的精神性才能產生一切生活或俗世之中「理想」的具體事物，或產生不了的、不產生而能忍受釋然，唯有內在的精神性能孕育一切、物質的精神的，也唯有內在的精神性能發現，創生人世之內的一切真、善、美，而藝術就是精神性之子，生活也應是精神性之女，但我的生命還沒開鑿到精神性產生生活的下錨處。今生今世，我就是個藝術家，我就是被生來「學習」成為一個藝術家的，所以我的人生從哪個角度切繫進入，我總是覺得藝術是生命的核心，藝術是精神表現的核心。

四月七日

尊重他人的生命。當我還是得出這個結論時，我感覺它如範般重。

四月八日

人與人間真的會看不見自己地互相傷害，由於相互不了解，身體或無能控制的情緒，無法察覺的意識，人與人間彼此善待、相愛。一旦要變成不可阻止或無法扼抑的傷害時，就要停下來，向外走，離開或不再愛。

愛是要對另外一個人負責，這負責除了心靈，欲望的負責以外，更是行為、語言的，主要是身體的負責。

最基本的是人生命裡如果感覺到某些東西是自己所不想要的就要勇敢地去清除它，拒絕它和解決它，而人也只能在每一件事上選擇自己清楚地體驗到想要做的事。如果不想要和想要的東西不能清楚，就會造成生命的混亂。

為了對自己的身體負責，戒酒吧！

姊姊說：「你並不孤單啊！」這是在這個難關裡我最想掉淚的一句話。沒有什麼事情是不可能發生的。

四月九日

什麼時候會體驗到讀與寫作為一種工作，在表面光滑的時間裡樹立一種關於讀與寫的規律性及工作性，記得從前余蓉說過在我身上如果這種生活理性還沒出現，那是因為時間還沒到的關係。

人與人之間不能互相忍受，真是最大的罪惡。

只有停止向外欲求，真正靜下來回到自己身上的那一刻，才有可能從身上產生詩、哲學和形象之美的創造之流。人也唯有真正靜下來回到自己身上，才能忍受、接受全部，不為任何人所傷，不為任何事所擾。而「愛」的反面，是以這個能回到自身的能力為前提和基礎的。缺乏這部分，都不能稱是愛。

人要看穿，看穿徹底及本質，否則任何形式的關係都非理想或幸福。

四年內兩次愛的經驗都有了意義，一次是尊敬、一次是身體的負責，沒有失去、沒有死亡、沒有悲觀，沒有虛無，也沒有絕望。

四月十日

我在法國所遇見的典型正是我所嚮往的作為「巫」的一生。

在法國我起碼遇見兩個（或更多，所有使我感興趣的對象）這樣的典型，一個是老師，一個是Derrida，這樣典型的內容是過去我的生活經驗所不曾提供給我想像力的，啊，即使是現在想到我所發現的人可以活這樣都忍不住要尖叫。

四月十二日

我自己這麼不好、虛弱、不健康，我到底憑什麼愛別人？憑什麼。

現在在從東京回巴黎的飛機上，看了電影《貝多芬傳》，痛快不能言語。愛是分享、分擔、互助與同在，最難的是互相諒解。

所謂對一個人的生命負責，負載起一個人的生命⋯⋯。

我再也無處可躲，唯有「寫」⋯⋯。

我的生命裡再也無可失去（被剝奪），唯有「寫」（貝多芬為最）⋯⋯。

如果心裡還有怨（恨），就不能真正發光。心中的黑暗不會完全消除。心中還有怨的發光是像老師那樣，心中（較）無怨的發光是像Derrida那樣，我愛慕著老師卻嚮往著D，寧可成為後者。

「新天堂樂園」：無償性：禮物

四月十三日

愛是一種「體驗」。這是我去看K及看完《貝多芬傳》之後的體驗。如同K對我所示範的，人一生的愛是無限的，人會因各種理由去愛許多人，然而愛是一種「體驗」而非其他部分的內容。如果愛真的發生了，愛的關連是不能抹除、取消的，愛的關連性是不可遺忘、不可斷斷的，任何的取消、斷斷都是對生命的傷害。如貝多芬的一生，愛是不得不去愛的一生，但充滿怨恨，他的一生都在面對他那個真愛的關連性，但由於他充滿怨恨所以不可發光。愛是一種不得不此的體驗，那是不可改變的事實。我如我們深深地知道我們愛一個人，那麼那份愛就是「體驗」，如果我們深深地知道我們愛一個人，那個愛的關連性是不會被取消的，而那個人也深深知道被愛，那個愛的關連性是不會被取消的。愛的關連性會發生無數的殘酷性，人只有在「體驗」中強過這些傷害、背離、殘酷。綜觀人的一生，愛除了是個體禮物外，愛能被占有什麼、愛能被阻隔什麼、愛能被拒絕什麼、愛能分離什麼？如果是真的愛那就是不可滅的，死都不會滅的。

徹底尊重一個人的生命，像我對待K那樣，尊重她生命所要呈現的方式。除了我自己成為一個更「穩」、更有條件去給予愛的人以外，我到底憑什麼把愛當「禮物」給別人呢？

愛很困難，不容易懂，唯有這「體驗性」能把水管打通，讓人比愛的傷害性和侷限性更強。

X還很小，她不能具有這種「體驗性」，如果我深深地知道那是真愛，我們之間就不會因任何外在的變動而彼此不明瞭那個「深愛性」，我也一定會傳達給她那「深愛性」，她可以選擇拒絕，放棄這「深愛性」，但卻不能不感受到這「深愛

愛性」，我們會「同在」的，他總有一天會明白那「體驗性」的。「體驗性的愛」可被表達，正是K所對我示範的，唯有「體驗性的愛」才能貫穿一生。如果你確定自己是在愛一個人，那就沒有別的問題。

今晚和E談了一席話，覺得她給我一種新的自由感，從一種封閉裡解脫出來，或許是從一種對愛的不正確方式裡解放出來。如她所說的自己是個閉鎖的靈魂，我也仿佛是個閉鎖的身體，閉鎖在一個不能承載我生命重量之愛欲的身體裡。像E那樣的靈魂渴望被打開，我閉鎖的身體也渴望被打開，被一個能承載我生命重量的身體所打開，所接受。我的靈魂如此通透、如此開啟、如此真摯、如此誠實、如此忠誠、如此深刻、如此美麗，就因為它如此所以它也如此沉重。唯有與此世界上其他人的「感通性」能拯救我。一方面我與其他人的通透性愈高就愈能容納我靈魂重量的增長，另一方面我生命的身體的部分也要被打擊。它得伸展才能減少愛我的人所承受的重量，減少我生命的整體所承受的重量。想到別人所承受的重量，眼淚都想掉下來，而或許慢慢地讓身體可以承載我生命重量的人們來幫助我，或許我可以慢慢地伸展我的身體，我得更接受這些人與我的融通性才好。

K這三年的長大對我的意義是：一個人或許很容易需要我的靈魂，卻要等到她能真正面對自己的內心及獨立的生命意義之後，她才能真正接受我的生命及愛我的愛。真愛的現象或許經常、偶而會出現，但真愛的生命之於我卻是第一次在K身上開花結果。從此之後我的生命及我的愛之於他的意義是再也不會有什麼改變了。K是第一個知道如何愛我及敢於來承擔愛我的生命及我的愛這件事的人。這對我的生命而言未

當不是一個絕大的拯救。「敢於承擔」這四個字是重點，一切都是由體驗而來。

我的生命至今只有一次準備好要「獻身」給一個人，經歷過諸多滄桑與痛苦而能體驗到「獻身」這件事是多麼美好啊！獻身給一個愛人、一個老師、一群人們、一件工作、一樁事業、一種人生……這幾乎就是一切生命的準點啊！

愛一個人（的存在）是怎麼一回事，在生命裡要如何表現它，我終於明白了。

四月十四日

X，我只是在生一場大病，一場很長的大病，也許要長達十年十五年才能走出這場大病，也許一輩子都走不出去，但我相信我終將會好起來的，就像燒會退一樣，我相信我會痊癒，我會走出這裡的。我得的並不是絕症，因為解藥就在我自己身上。我相信如此就如村上春樹相信他能以慢跑維持把一本長篇小說寫完一樣，我得的還比絕症還好太多，我還能創造，還能愛，並且我相信我能用創造和愛真正通到宗教那裡。

愛是不滅的。X，死亡和瘋狂都沒什麼好害怕的，它們只是內心的幻象，我可以用更大的愛克服它們的，儘管我要再受多大的痛苦與折磨，我還是要述說愛是不滅的。

你曾經跟我敘述過你父親生病時的超強的堅毅與深愛，我也要用這樣超強的堅毅與深愛來面對我的瘋狂或死亡，或許需要更多。是我把你生出來，我發過誓要代替你的父親來愛你，無論你的生命發生什麼樣的變化，無論你要長成怎麼樣一個人，無論你犯多大的錯或造成我多大的痛苦，我都會全心全意對著你的生命負責的，我是要來對你的生命負責的，只要我活著我不會停止去愛你的生命，我不會放棄你的生命，我不會拋棄你，背離你，讓你感覺不到我的存在，我不會讓你的生命孤單，我也不會比你早死的，我願意為你生命的平安喜樂付出任何代價。我是你的大天使，我就是上天送給你最好的禮物。

如同貝多芬所說的：你是我生命，你是我的全部。（但我不要像他那樣怨恨和不去表達愛只表達恨。）

四月十五日

我日夜夜止不住地悲傷，不是為了世間的錯誤，不是為了身體的衰敗病痛，而是為了心靈的脆弱性及它所承受的傷害。我悲傷它承受了那麼多的傷害。我疼惜自己能給予別人、給予世界那麼多，卻沒辦法使自己活得好過一點。

世界總是沒有錯的，錯的是心靈的脆弱性。我們不能免除於世界的傷害，於是我們就要生著靈魂長期的病痛。

我也有一個愛情理想不能實現，我準備好要獻身一個人，但世界並不接受這件事，這件事之於世界根本微不足道甚至是被嘲笑的。心靈的脆弱能不受傷害呢？

世界不要再互相傷了，好不好？還是我們可以停下一切傷害的遊戲。

我的願望已不再是理想的愛情，而是讓自己生活得好些。不要再受傷害，也不要再製造傷害了，我不喜歡世界有這麼多不傷害。當世界上還是要繼續有那麼多傷害，我也不要活在其中。理想愛情的願望已不太重要，重要的是過一件沒有人可以再傷害我的生活。

你是我真正相信、相親的一個人。

我一個人在這裡悲傷會終止嗎？縱使我與世界上我所傷害和傷害我的人和解，我的悲傷會終止嗎？世界上為什麼也這麼多的傷害，我的心靈已承受了那麼多，它可以再支撐下去嗎？它要怎麼樣去消化那些傷害呢？它能消化掉那些傷害重新去展開一份新生活嗎？

過去那個世界或許還是一樣的，從前你期待它不要破碎的地
方它就是破碎了，但世界並沒有錯，它還是繼續是那個世
界，並且繼續破碎，但世界並沒有錯，只是我受傷了，我能
真正的消化我所受的傷害嗎？如果我消化不了，那傷害就會
一直傷害我的生命。

我的悲傷和我所受到的傷害可以發洩出來，可以被安慰嗎？
在我的核心裡真的可以諒解生命而變得更堅強起來嗎？

有你和我並立在人世，我並不孤單，你的生命和我相親相
近，你了解我的生命並且深愛我。但我需要改變，不是嗎？
我不知道要如何改變。我想要變成另外一個人，這就是全部
我所能對自己好的方式了，我知道我得變換一種身分，變換
一個名字活著，我得哭泣，我得改變一種人生活著。

我想要變得更謙卑，更溫柔，不再傷害任何一個我所愛的
人，我再也不去要求和責備一個人的生命。我所要求於世界
的愛情理想並不存在於人世間，但我會繼續獨力地去實現我
的愛情，縱使世界並不接受我的愛情理想，我並沒有錯，我
可以獨立地將自己愛情的理想安置在自己的生命裡，我不會
投降的我在自己生命裡建立美麗的愛情殿堂，我不會停止述
說或與他人的靈魂溝通的。

神啊，保佑我建造起一份我所想要的工作生活，我必須學會
我的專長，這是未來我的工作範疇，我的靈魂，只能徹底在
這個領域盡力工作，這份關於靈魂工作的制度正是我生命的
最大依歸，在法國這七年我所要學習的是成為老師那樣以創

作文學及了解文學以傳授與他人。作為一生奉獻給如此的工作與責任的人。並且學習將人生獻身給如此的生存型態。在法國這七年我真的是要作為一個學徒階段。學習如何像老師那樣成就文學的一生。學習那典型的內容。作為學徒學習成為像三島由紀夫那樣去寫作的文學家。並且比他博大精深擁有創作的奧援。學習把文學創作及其學習當成一種主要的生活制度。

我所缺乏的正是這對創作作為工作的「堅定信念」。缺乏這「堅定信念」。我的生命就猶如一盤散沙。我忽懼我生活裡的一切元素。而這創作文學與學習創作文學的工作信念，幾乎可以成為我新生活架構發動的總核心。我希望能在這四年裡建立好如此的工作習慣與制度。我所要的就是創作文學。並且只專心鑽研那幾個會使我的文學靈魂激動的法國人Cixous、Derrida、Irigaray、Marcel、Ricoeur。真正鑽進法國文字的肌肉和精髓裡。在這樣的平行對話裡創作我自己的文學。欲望很少的卻很專注地。之後。以我在法國建造的這套「小型發電廠」。我就要完全奉獻給文學了。我要報導文學培育下一代的藝術人才。這是短期內我所選定的職業與工作。三十歲以前是完全無關他人。其他工作。其他生活方式的自我訓練之默默的學徒期。三十五歲時我希望擁有自己的小花園的小平房在濱海。我要在那裡過著努力勞動。栽種的鄉村生活。學習與大自然相處的道理。每天可以到海邊散步。寫信寫給朋友親友們。這之間若有能與我感通。美麗的靈魂願意走進我的生命一段。給予我什麼。我就接受這些不同經歷的贈與。朝向這些經常會有的幸福和美開放。我要經常去旅行。去和不同的朋友過完全不同的生活。去完全不同的時空裡學

智體驗不同的生活方式。我要過一種對世俗，對物質，對喧囂，對人群要求很少的生活，很簡單的生活，只要去創作更多文學，認識更多激動我的靈魂，愛更多，經驗更多朋友的生命，投入更多生命體驗的冒險。當我可以在我的海邊小木屋看海，安靜創作時，若有一個女人自然而然在本性，時機和生活方式上都適合與我共同生活，那就讓她住在小木屋裡的另一個房間吧，隨她要住多久。

論文除外，每年起碼要有一本書的創作。而我論文工作的進行是伴隨著我的創作目的的，關於論文我只閱讀能幫助、刺激我的文學創作靈感的作品，讓彷彿我的論文是我文學創作的附產品。而我在法國的這五年除了文學創作和論文的學習之外，更要與E好好享受法國的文化藝術及生活品味，並且好好地在歐洲旅行，這也是我三十歲前學徒階段從父親及家庭那裡所享有的特權。或許我根本不必要過分要求一個女人，每個女人都給予她們所能給予我且願意給予我的那部分，我就會很豐足了；我也根本不必要過分愛一個女人，我以我所能的不同深淺度及方式去愛她們就夠了，適度地愛之於維持關係反而更好。既然沒有一個女人能滿足我，那就讓我所愛的這些女人一起滿足我吧。直到有一個女人能完全深愛我到我們能真正完全彼此身身心心相屬，彼此都在那個「獻身」的深深體驗裡，而那個深深的體驗有多深，我們之間的相屬就自然會展開多久。關於「獻身」的體驗需要很深它所包涵的內容廣，是需要很長時間的考驗的，如果那個決定要彼此「獻身」的點真正到來時，我們彼此都會知道的。既然我的熱情如此強大，需要如此之劇烈，就把我全部的愛、美、熱情與需要發洩、寄託在四個我能愛的女人身上吧。但我一個也不會去傷害她們，我會無限溫柔，我會對我

245

的語言、行為、身體和承諾負責的，我會知道我愛她們每個人的深度及各自該如何愛她們的。性不是重要的，能不能碰一個女人或熱情之有無都沒有關係，能不能共同生活在一起或專屬也不是重點。而是我要學習與人生活，給予她們我的靈魂。

四月十六日

我想是有另外一個女人愛上我了。我想在我這個心智年齡的時候，以她的條件，對我未嘗不是一件好事。

我已不再願望一個永恆理想的愛情了。不是我不再相信這種東西，而是我一生中能有的兩次永恆理想的愛情都已謝去。我已老熟、凋零、謝落了。我已完全燃燒過，我已完全盛開了。一次是因為我還太年幼而錯過，另外一次又是由於我過於成熟而早謝了。但儘管只有一剎那的盛開，我也是完全盛開過了。剩下的是面對這兩次殘缺愛情意義的責任。因為我還活著，而我所愛過的那兩個人也都還活著，她們都還跟我相關連著。她們都還愛著我都還渴望著我的靈魂。我是更相信永恆理想的愛情，我是更相信「原型」的神話了。因為這兩個人是同一個「原型」，但是我都錯過了，我已凋謝。我跟這兩個「原型」的愛人都不能如我倆之間那般地「感通」，這兩個人的心智都尚未完全開啟，這兩個「原型」愛人的生命都尚未長到成熟、完整，可以對他人的生命及愛負責的地步，也許她們永遠也不會長成那樣。所以我與這兩個人之間的愛那般完整、具體而堅實的愛那樣完整、具體而堅實的愛人甚至還沒發展到如我們之間的愛那樣完整、具體而堅實的地步。

這個新愛上我的女人或許也會徹徹底底地愛著我。我是個無比幸福的人。總是有女人願意愛我及接受我的愛。但是，我不能確信我會愛這個女人。正如我現在懂我以不愛而傷害 F 一樣，我不是徹徹底底地愛 F 甚至不是真愛 F 的，所以我深深地傷害了 F。我再也不要那樣去傷害一個愛我的人了，我再也不要去傷害任何一個人了，我再也不要帶給這個世界傷害與被傷害了。但是我能不去傷害這個新愛上我的女人嗎？儘管我再怎麼明白愛情的道理，我能不去傷害到一個徹徹底底愛著

我，準備好要獻身給我並且深愛牠的人嗎？唯一我能做的，是溫柔地去給予這個人，幫助牠去燃燒牠生命中尚未燃燒的部分，並且誠實地告訴牠屬於我們之間愛的性質，包容牠生命中的傷害，接受牠生命的材質形式，努力不要傷害牠，最後自己也學會身體、生活與工作的道理。這些目前才是我所真正願意的事。我意願著讓自己活得好長大。

四月十八日

喜歡這種乾淨、樸素的感覺，內心好樣淨……，昨天一天之內體會的事情彷彿比我二十六年還多，自己精神上所表現的緊張、焦慮、恐懼、顫抖、熱情及欲望，是我的生命渴望去活著，我的身體渴望去生活的表達，而過去我竟然完全不明白。

我生命中的人們已給予我太多，我所愛的人也已愛我太多太甚，而過去我竟然完全不明白……，我把我的整個生命拿來追求、占有，要更多更多，那貪婪如此之深，我的要求已超過世界及他人所能給予我的，於是我如此劇烈地用我的身體及靈魂傷害了我所愛的人，致使她們的靈魂部分地殘廢，而過去我竟然完全不明白……。

過去二十六年我所狂熱追求的：成就、愛、性、精神及藝術，之於內在的聰明、自信與才賦、生命經驗和記憶內容……，難道還不夠嗎？連我生命中完全殘廢的另一半也要開始開花結果了，我所擁有和占有的難道還不夠多嗎？除了去讓我所殘廢的那另一半也盡情地去表達及更細密地去體驗我所已獲得及被給予的東西之外，我還有什麼要再緊張地、拼命地、趕忙地去追求和占有的呢？

我的心靈會唱歌會表達美，就像鳥會飛、魚會游一樣自然。

彷彿在一個極深的海底隧道獨自發光著，跟他人不敢言語……。

四月二十日

回到Paris之後我開始學坐禪、運動、散步和做飯給自己吃，改變飲食習慣，盡量吃蔬菜水果，少吃肉，試著戒掉酒、煙、安眠藥及咖啡等刺激性食物，改變睡眠習慣，睡前洗澡喝熱牛奶打坐，多吸收陽光、空氣和水，讓身體自然地晚上深睡，早上醒過來。加深加多自己和親人、朋友、周圍人類的雙向連繫及全面溝通，更運用和發展自己體內的美及愛之感官，淋漓盡致地去發揮，發洩體內的美及熱情，感受體驗自己在生命中所已享有的天賦、回憶及愛，更努力去學習成為藝術家的一生。而這幾天，我的生命已獲得莫大的拯救，並且露出從未出現過的希望。我能經驗到我長期的心靈病痛是可以從身體病痛的治癒來改善的。我得的確實不是絕症，相反地我卻會因此而成為更健全、更完美的人。我的「生命態度」確實可以徹底改變。

四月二十日

今天早上我被一種特殊的感覺所震醒，仿彿我的內在在明瞭令我愛上一個新的人了，而這樣的愛不會是一種疾病而會是適合於我的愛。

昨天我在想我要把我的「接受性」打開，打得更開更開去接受過去我所一直排拒，不能接受的人、事、物，對待人或看待世界的態度。我想過去我是有些角度嚴重地錯誤吧，而一個新的令我愛的人，也是調整我對待世界的態度，讓我用一個全新的我去活著，過一種完全不同的人生，將自己放在一個比較正確的位置上。一種比較具客觀性的位置上。

我在床上忍不住悲傷掉淚，想到人生的無奈，生命理想的不能實現。

人無論如何朝向未知的未來，宗教走去，都要在自己的過去，在自己的「倫理性」裡達到和自己內在的要求諧調一致，否則就會有內在的暴亂。

四月二十四日

我最後還有一條水管還沒打通，我知道得很清楚。在我生命的倫理性及美學上，我對X這個女人還有巨大的衝突，是我在意識型態上尚不能解決的。就是我已經不需要這個女人了，但我不知道要不要完全把她撤開。

這個情感令我前所未有地輕蔑、厭惡、噁心、嘔吐，這些都是我欺騙了自己的真實感受，我怎麼樣也抹殺不了這些刻骨銘心的嘔吐感。而這近一年來，我卻由於一個堅固的愛的信念，逼迫自己去抹煞這些感覺，要自己繼續去在那深愛性裡，因此幾近將自己毀滅。直到今天我都還被這兩種傾向所衝突、所撕碎、所擾亂、所痛苦，我都還有一個意志在那裡要我自己繼續在那深愛性裡。

這股情緒釋放出來很大，會把我整個人淹沒。

作為一個藝術家，首先的就是要勇敢，勇敢地去成為藝術家，勇敢地去承擔作為一個藝術家的命運。勇敢地去冒險、去經歷、去流浪，勇敢地改換身分去生活著，去生活得更多、去創造、去創造更多。去失去一切、再獲得一切、再失去一切……。

在宗教的境界裡，最大的痛苦是失去的痛苦。如果我能超越失去的痛苦，就沒有什麼是我超越不了的。失去的痛苦是人類難以超越的痛苦，但再苦再苦還是要去成就自己生命中的美，那個痛苦不是完全不可發洩、蒸發的……。

看破欲望吧，欲望只占愛很小的一部分，正如我和K的愛所

示範的深刻度一般。我對K的愛就可以超過欲望的占有，我也不知道我們是怎樣辦到的，是因為彼此了解的深度。生命彼此溝通所達到的諒解和愛，也是由於K最近所給予我的愛之準確性。經過K所給我的東西，我明白我和X的愛早在一年前就終止了，而我還一直負擔著這個人的生命。我對她及她對我的承諾，使我的生命終於崩潰。放下吧，我的人生所需要的並不是這樣的朋友或伴侶，我只是暫時還不脫那樣欲望與依賴的習慣罷了，我的人生其實既不需要如此的連結、友誼更不需要如此的永久關連。之於人信實的承諾我已完成，我了無虧欠，也付出了昂貴的代價為我九二年底的選擇與傷害作了贖償，我也完成了成人之愛的血的教育。我了無遺憾。放下這個人，我毫無半點損失。

四月二十五日

兔兔兩、三個小時前死了，對我打擊太大，我沒辦法解脫，只能明天起開始寫我的第二個長篇〈兔兔遺書〉。

或許世界上根本沒什麼殘忍不殘忍，只有我在覺得殘忍，只有我在經受著殘忍……。

那麼深的恨是終究要發洩出來的，我從來沒那麼深地恨過一個人。如果這些不發洩出來，也是會一直傷害著我的生命。這些恨一直在毀滅我，而今我恨的事並沒有了結，它還繼續在那兒進行著……，我的生命一直在這種我所「經受」的殘忍裡受著傷害。如果這個恨發洩出來，一切會結束，那就一切都結束吧！兔兔的死，已使我心如死灰，我已沒什麼好再死去的。

我要回到我的內心創作，不再依靠任何人。不再依靠跟任何述說，雖然我明白這不是生存的好辦法，但是我必須改變，我的心已被轆碎，我不要再叫別人來傷害我，踐踏我！我發誓。

五月十二日

我總是不夠完美不是我的錯，我因我的不完美所犯下的錯誤而被他人拋棄，這種懲罰之於我是太過分了。世界上又有多少人是比我少不完美的呢？

我因我心靈的病痛而被他人拋棄，那也是太殘酷太痛苦了。

對他人的怨恨、忌妒、悔恨、傷害、厭惡、要求，都是很小的事，都會過去的。

我慢慢地學會不需要與他人分擔我的憂傷，而不是不再能與他人分擔我的憂傷。

停止〈兔兔遺書〉的創作吧，不為什麼，只因為寫到第十封，我已體悟到我生命中最大的問題是什麼，這是較諸熱情（愛欲）的主題之於我更核心的主題，是「passive-positive」的問題。我只想徹底地passive，我如今只想靜靜地存活著，靜靜地創造著，靜靜地表現著，靜靜地愛著，靜靜給予著，而「真的」不去占有什麼，不去要求什麼，不去想要得到什麼。這是整個「接受性」的學習。一切都不再是向外去「追逐」的，而是向內要求自己的。

我想真正改變一個我的「內在性」。

五月十四日

我在老化，老化得非常厲害。

生命辜負了我的願望，或說生命還沒有許諾給我我的願望。但我並不要辜負我自己，不要辜負生命，不要辜負我的天賦。我要去愛我自己，完善我自己。

Marcel說創造性的接受，積極的被動。我渴望我的內在轉變成如此。

我的存在是原生性的，是歷史上第一人，我是天生被生下來創造價值和意義的。

不再去對他人努力什麼，要求什麼，期待什麼，等待什麼，也不怕失去什麼。

一切都已蓋棺論定。前一年半的感情確實我所渴望的愛情，後一年我所面對的並非同一個我所愛的人，那是完全不相稱的兩個人，兩份感情，所以我才迷失了我自己，所以我自己最後也才變成非愛，那樣的一個對象根本不是我可以愛，我應該愛的，所以我才會深深地傷害了我自己。雖然是同一個人，有其延續性，但並不衝突。理想的那個人初始是我的願望「製造」出來的，但其實她並不真是這樣一個人，我只是陪著她去發現關於她更多的資料罷了。而如此的她和我並不相稱，並不是我該去愛，值得我愛的對象。我唯有將自己匹配給一個值得我的對象。而她大寫的不變的我是還在的，那就是她恆遠的對我的接受性及她生命裡被我創造出來的小靈是歸屬於我的，但光這兩者並不匹配，不值得我。目前我所愛過的人中並沒有一個人是匹配我，值得我的，並沒有一個人美得和我相稱。

而我面對如此殘缺生命的方式，就是更美化、更完善我自己，更純潔、更真實、更誠實、更勇敢、更開放、更有力量、更美、更有能力愛人和給予人。我要繼續停留在一種生命和愛的理想裡，且是獨自完成它的意義，我就要待在這裡哪裡也不去。「結婚」是懂對我有意義的。他人沒有能力愛我，唯有我自己在我自己的精神性、理想性、純潔性裡完全地愛我自己，並且更能被愛也更值得被愛。好了。

五月十六日

我的小說卡在我對X終極態度的兩極衝突和時刻搖擺上，使我抗拒著去為小說決定一個統合的藝術品質。

如果是因需要而不能拒絕，那就不是真愛。需要並不是真愛，怕失去也並不是愛。可以需要也可以不需要，可失去也可不失去，那才是愛。

五月十七日

如今我終於明白我在人世間追求於他人的是什麼，是一種靈魂的「美」及「純潔性」。

而正如我所畫的eros的圖，最最中心的體驗與建立是最重要的，那是真正eros可以無限深入、成長和成熟的所在。而如果我能在自己體內達到那麼深，那是不是有個恆久的對象並不重要。是我自己的「美」及「純潔性」能使我自己的愛欲真正被滿足。

若不是完全的禁欲就是完全縱欲，唯有這兩者才能達到「純潔性」。

我必須要比我的人生情境更強才能贏過我的人生，才能活得如我所想要活的。即使人生都走了，我仍然要等到最後一盞燈熄了，再謝幕下台。

我確實是結過婚的。我確實是屬於另一個人的。我確實是獻身給人的。

痛苦是不會沒有盡頭的。盡管我的心上插著一把刀。我不會在乎痛苦的。我要開成一座燦爛的森林……。

我要自由自在地狂野奔放，像一匹野馬。我沒什麼好怕的。只有別人怕我。我要完成小說，我要比我的小說、比我的內在更強。

小說的主題及審美性是「寬恕」。

然而想想從前的美，那樣的美是我所渴望的，我也希望它會再出現。為這樣的希望忍受痛苦，或不願忍受那骯髒正是我痛苦衝突的核心。

五月十八日

不知道怎麼回事，我的心尖銳地痛苦，痛苦著不願再忍受傷害，是的，我明白這個尖銳的痛苦不被我面對，不被我解決，我的生命是不會真正健康的，那怕如今我再強我的生命還是每天每夜在受著傷害。

這個尖銳的痛苦在傷害著我的生命，我必須去解決，否則，我非但寫不了小說，連我的生命都會繼續毀壞下去。

五月二十日

我要用我的一生去完成真正的愛，唯有在我的內在愛到那麼深，我才能因此消解，融化內心那一大片孤獨、憂鬱與狂亂的沙漠，我的內在才會真正放光，超越死亡與恐懼。

自我的深刻度、柔軟度與堅強度，過去我確實是夠敏銳、夠深刻，卻不夠柔軟也不夠堅強。過去，我太敏感太容易受到外界的傷害，而我秉賦又太容易沾染情緒，所以我雖然勇敢，卻一直沒有辦法真正堅強。

六月一日

（夢到你在山谷中放風箏，我遇到你。昨天之前因著你要死去全心顫抖不已。昨天聽你講著音樂、友人的種種，令我悵惘，我不知道你在哪裡。

你放風箏的神情盛靜安詳，我要幫你放你也允了我，有一種「入定」的神氣。感覺看著風箏的你好滿足快意，但下一步你要作什麼呢？）

這是我昨天收到X的信，那是她在最深點的樣子。她不常在這樣的地方，我也不過見到幾次。但我試問我自己，我所要，我所真正關連，我所100%熱愛的其實是在這個真實深刻層面的她。其他層面的她並不是我所要的生命內容，那之於我並不是真實的生命內容，我只感覺到粗糙和被戕傷。那些不是我能要的。而並非每個人的生命都需要真實與深刻，像這樣的人不會與我相關，不會需要我。我也不需要這些人。

我所歸屬，我所與之相愛的是在那個位置的X，而不是其他的X。

內在幸福。

（剛強來自內在，來自一個人的自我努力。）

真正的耿直與坦白。

六月四日

重讀完X在TOUR階段的信之後，實在是太痛苦了。不知道自己是怎麼看完這些信的。

看完之後，覺得自己要變得比從前更勇敢好幾倍，要比從前更成熟好幾倍，要比從前更堅強好幾倍，要比從前對生命、對自己更客觀好幾倍。一切本來就該如此，一切本來就該如此，所有的因果本來就是蘊藏在原來的條件裡的。我沒什麼好惋惜、好埋怨的，只能更強過我的命運。

我很喜歡我在巴黎的生活和環境，喜歡我在Paris的這些朋友們，甚至更甚於如今我在台灣能有的生活和環境。人際的、藝術的、知識的、自然的、新學習的、甚至是經濟的、創作的環境，都豐沃於我在台灣。

時間，時間是什麼呢？

X，我親愛的X，我確定我是真愛你的。無論你是什麼樣的人，無論你有什麼樣的生命資料，無論你有什麼樣的命運，除非能力不足忍受不了你的樣子、你的命運、你的資料而死亡之外，我不能不愛你。

R說人只是由一堆偶然構成，根本沒什麼我所認定崇高的「我」，崇高的「意義」，崇高的「價值」存在，而連我也會去經驗到我的「極限」的，那時我的「自我」，我的「主體」也會在瞬間消散……我說如果是那樣我也不要活在這這樣的人生裡，我不但不能到另外一個境界去寫另一個作品，我的肉體會毀滅，我一定會死，我無法忍受活在一個虛無、無意義，不是我想要的人生裡，與其如此，我有自由殺死自己。

六月五日

《海利根斯塔特遺囑》

能不能用一個更高的角度去看生命中的這一切變與不變——

如果要活著我就會活得比任何一個人都堅強、豐厚、有力量、勇敢。

如果必須死，我也要死得比任何人都自由，都歡樂，都乾脆，都意識清明。

生與死都是基於同一種對生命的熱愛，對生命的信念與價值。如果為了在我對生命的那份信仰或理想而死，不願活在一個我所不願意的人生及生命裡而死，儘管早夭，儘管犧牲了我更多的才華與美麗，然而之於我還是值得的，起碼捍衛了我所要的美麗生命及尊嚴，死也是在愛生。

但我是不會再因為生太痛苦，忍受不了而死，我不會再讓自己的生命無助、孤絕、破敗成那個樣子，再叫別人可以如此傷害我，可以如此支配我。

如果我的死亡有什麼意義，也只是要對X說你這樣對待我你錯了，對世界說你這樣對待我你錯了。

我內心的暴力太龐大，唯有殺死自己生命才能使這股暴力有出口。

六月七日

△ 籌備一部電影劇本＋分鏡表（和《鄉愁》、《鶴鳥蹄踏》同等級的電影）

△ 電影《戰士幽魂》—藍道夫斯基（戰士幽魂）

△ 電影《分家》—杜斯妥也夫斯基（卡拉馬助夫兄弟）

△ 小說《藝術家們的命運》—（文學、音樂、美術、戲劇、電影）

△ 小說《流亡與微笑的後裔》—（東西方政治、哲學心靈）

△ 小說《輪迴轉世三部曲》—（佛教彌賽亞）

一份成人的生活，那是什麼呢？我現在渴望過一份成人的生活。

成人的生活是創造性的生活，是生產性的生活，是被要求的創造性、生產性的生活。

成人生活是徹底改變內在性的生活，也是徹底改變外在性。

如果我活著，那就要過一份高度生產的生活，一份無人能及的高度生產的生活。但我必須先具備這樣的條件，高度的創造力、語言能力和工作習慣。

除了藝術家和自由學者之外，今生我不打算成為其他人。

俗世的幸福，我已徹底放棄。從此專心做一個藝術家。

愛之為物，不僅是一種外顯的關係，更是一種內省的意志關係。

唉，任一切的醜陋及怨恨隨風逝去吧，隨風逝去吧？如果我是一個氣魄雄偉的人。

唉，既然是一種命運，既然又之於我是一種命運，就勇敢地把這種命運承擔下來吧，承擔不了便是死。承擔不了便是死。

姑媽問我是不是也相信「命運」？我說「命運」是唯一最高層能由上往下解釋人生的，人活著無論如何都在一種主觀或客觀形成的命運裡。

R說人生就猶如幾千斤重的東西掛在一根線上，斷了輕飄飄，也就拉倒。

我是個和尚。我是個和尚。我是個和尚。一個激烈自殺的和尚。

靈魂永生。輪迴轉世。

我在法國還有三個責任：（1）學會思辨性的思惟（2）學會時間性的形象思維（3）練造出中文的文字藝術（4）愛老師。

無論西方或東方的宗教，都是不對「愛」絕望的。沒有承擔不了，唯有「犧牲」。

客觀性。客觀性是什麼？客觀性是什麼？客觀性是之於自己在生命歷程，在他人面前，在世界裡客觀存在的樣貌，是一種自知。是一種強過主觀性的自知，強過主觀性暈圈的認識能力，這種認識能力使人免於自欺，免於對他人犯罪，免於對世界造惡。「客觀認識」使人認識痛苦，認識痛苦的對象，超越痛苦之上……。甚至奪取主觀性的生命幻覺及痛苦之暈圈。

「客觀性的認識」也使一個人瘋狂或死亡。

六月八日

△小說（郵寄給失蹤人口）

突然我不想回台灣，覺得台灣的一切現實及環境都很醜陋、愚蠢。

要我如何灌注我的愛和美到這些醜陋、愚蠢裡？我只能灌注我的愛和美到一樣是愛和美裡。是的，我只能灌注我的愛和美到一樣是愛和美裡。

客觀性。唯有客觀性才能拯救我自己。

之於人類，我必須具備客觀的判斷力。有些人對我顯露的資料是善、是美，我也必須以更善和更美去回報。我知道我非常愛人類，我才能去創作，創作小說、戲劇、電影等，創作大作品，我才會有如此大的動力和內容去創作。

人類也都一直在愛我，否則我活不到今天。我欠人類恩情的，我一定報答。

在小說創作裡，我可以寫人、敘事、描景、抒情、作精神分析及哲學片簡，這些全面的書寫，包括主觀和客觀，使我較日常生活的其他一切挖掘和創造出更多的內在，而變得健康。

「德行」對目前的我是最重要的。一個人沒有「德行」之於我，就像一塊腐肉一般地臭，像腐肉之上長蛆一般地醜。

客觀性，之於自己、他人、世界和歷史都要有客觀性，否則，純主觀會使生命肉體爆破……有些人對我顯現的唯有

醜陋及愚蠢，我也不該盲目地去愛他們，那我是更愚蠢了。

人之於人，起碼不要有冷漠、傷害、粗魯及愚蠢。唉，這些都是沒必要的。這就是「德行」啊！

X，我對她的要求是太高了，一直都太高，高到超乎她的生命所能付出的，可能她一輩子都不能高到如我所要求的。唉，我確實是厭惡那個墮落的她，厭惡那個卑鄙無恥下流的她，不能與這樣的她並立於世，但在愛情上，我是虧欠她的，我是虧欠她的，而那虧欠的意義我也是擔當起來的，該如何去擔當起那意義我也是明白的。

主客觀都需具備才會偉大起來，才能不傷害自己。

情欲和性欲都是可超越的，最終都是會昇華的。我最後會更盡情盡興地去活每一分每一秒，把自己的一條生命當更多條生命使用，去吸收更多營養，創造更多藝術，讓自己的生命更燦爛地燃燒盛開……這才是我的生命所要完成的內容啊！

任何人都阻擋不了我要去完成我所要完成的生命，任何事都阻止不了的。再也不會有任何可以阻止我要達到的高度和我所要去的地方。啊，像Beethoven所說的，像箭一樣頭也不回地射向箭靶。

體驗啊，體驗得更深更深吧，體驗得更深更深吧，明白你所要鑴刻成的圖案，明白你所要鑴刻成的圖案是什麼。

主觀上，我當然願望著如我在心中所體驗到的那般去實踐愛

情，這我可獨自在我生命裡完成；客觀上，我絕對沒有必要叫人類的愚蠢和醜陋糟蹋我的愛和美。我仍然可以用不同形式寬大地照拂這些人或給予他們部分的愛，但在客觀上我是深深地明白他們的醜陋與愚蠢，並且毫不縱容這些醜陋與愚蠢，盡我一生最大的力量去對抗這些醜陋與愚蠢。

在我生命的旅途之上，或許我沒有機緣去投身與較少愚蠢和較少醜陋的人相愛，然而我的旅途上是滿布著這些人的，滿布著與這些人相遇的幸福與美麗之瞬間的，這些人我都能去欣賞他們，這些瞬間我都能去享受它們，而能對一個如此之人說出（Tu merite），如此甚至比我本身的愛情更重要，更是我重要的寶藏。

自從我長大以後（正是「客觀性」使我長大），我更相信人與人間不能互相忍受是罪惡，也像Scott所說的人不能適應他的社會，不能適應大自然就注定不幸。「忍受」和「適應」絕非「恭順」和「屈服」，「放棄」、「嘲諷」、「破壞」這些都是等而下之的做法，最高層是創造性地去愛人間，創造性地去對抗人間。面對「創傷」，除了進入創傷的記憶裡而死去之外，就是從創傷的記憶裡汲取悲劇性的力量昇華為更去創造性地愛人間，更去創造性地去對抗人間。

活著，「虛無」是第一義，賦予自身生命以意義則是第二義。後者要遠遠強過前者，難過前者。

沒有一個人是我不能去愛，不能去對抗的，除了要進入對方的主觀世界去看他之所以是他，更須能跳出來以「客觀性」去對抗他。

現實世界裡的摩擦、孤絕、荒漠、病痛、死亡，這些都算不了什麼。我之所以要跳過這些而存活下去，是為了藝術和德行，而非為了單純肉體上的這條命。這條肉體上的命已不知死去多少次。

如《大路》的主題，歷史的結果是細膩的靈魂和粗糙的靈魂之傾軋。

而「愛」，還是要在我內心所體驗到的高度和深度，對我才可算得上愛。而我相信之於人類，如此的品質並非稀罕或偶然。其他的都只是狗屎。

△ 人類該如何面對「創傷」？
△ 電影（《獄中日記》羣相）──
△ 電影（《流亡日記》羣相）──民族史詩三部曲
△ 電影（原始種族殲滅記）──

六月十日

心中塞滿一團情緒，無法工作。

S啊，我真的有辦法像你那麼純潔又那麼勇敢嗎？純潔我已經可以做到，勇敢恐怕還沒有辦法，勇敢是需要我的一生去實踐的。

活著，去獨立在自己生命裡。

昨天Gould的影片，我相信那麼多受訪者之中只有一個人是愛Gould的，那就是最後一個受訪的表妹Jessi。她說Gould總不相信人們會來參加他的葬禮，他不相信他對人們有什麼重要，Jessi說Gould你總不相信你會搞錯，但是每當我禮拜天進教堂時，我總想Gould你錯了。Jessi眼裡含著淚。最後Gould臨死前，在公路上開車聽到自己所彈的Bach法國組曲，停下車來去公路上的電話亭打電話給Jessi，拿著電話亭的話筒朝著車裡的音樂，他說：「Jessi，你聽。」那是他最後一次發出訊息……。

S啊，你說我們同性戀之間相愛沒有法律、社會制度保障，唯有靠彼此之間的忠誠及相愛來保障我們自己了。你說，這樣更好。是的，S，我明白你的意思，這樣更真實，最真實最好。我問你說作為同性戀一定要過著這麼不忠貞及不斷換伴的生活嗎？你笑著說不會吧，你覺得你自己就可以一直待在這裡……。唉，我說你怎麼可以這麼純潔！

想到台灣的一切還是很悲傷，很悲傷，悲傷得不想回去……一切都很悲傷。中國人啊，Chinios，為什麼你們這麼愚蠢、這麼醜陋呢？家庭、教育、社會、政治，都是愚蠢、醜陋的，他們過的那種生活愚蠢醜陋至極，甚至在整個生長

過程中台灣人自身沒有承傳，遺留下任何東西，生長過程也沒被提供任何精神靈魂的材料，所以之於生命，之於政治全都是作偽，全都是一些生命扭曲、變態、愚蠢的作偽。

一切都很悲傷，如何能回去而仍可以脫離那愚蠢的現實呢？那愚蠢的現實根本一點都不重要，重要的是一顆藝術之心靈。

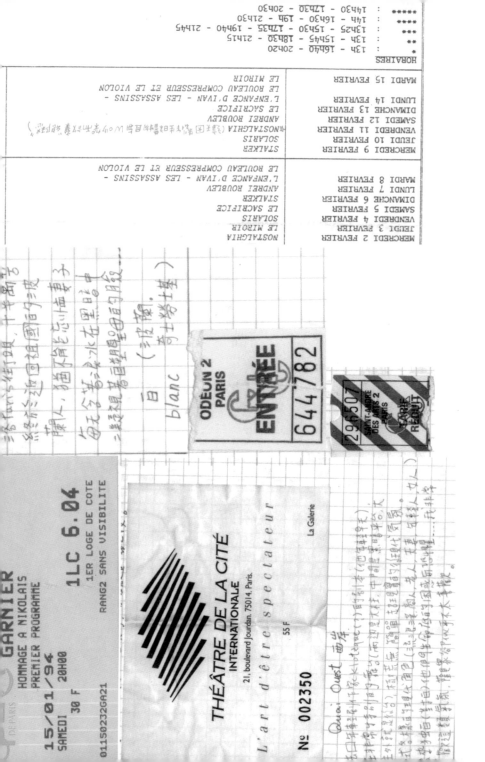

六月十一日

S啊，請為我見證：

（1）如果生命把我留住，必是留在有「德行」的這一邊。對他人有德行，也遠離對我沒有德行的人，這就是最高原則。愛若是不能建築於「德行」之上，並非愛。

（2）我要獨自走完全程，獨自走出這裡，不要依靠任何拐杖。

（3）人與人的關係是由無數的偶然造成的，並非有什麼必然性。如果有什麼絕對的必然性，那也是由於絕對的偶然性。（這也是R提醒我的）

（4）我能跑跳之後，要飛也似地離開這些令我嘔吐的人事物，不要回去台灣那塊令我嘔吐的土地，一些令我憎恨的動物性的人，徹底在心中與這些無關。

（5）盡量對每個人類和善、有禮。之於動物性的人只需防衛著不再任他們侵犯我，一點都無需流露真正的自己。不再試圖去以肉身包容、愛那些動物性的部分了。我發誓。我發誓要離開這些引起我憎恨的人，這些在傷害著我的生命。

（6）事到如今，我過去所執著的「愛的形式」是錯的，比「虛無」、「死亡」更錯誤、更無意義，我該看破真理，不然就是「死亡」，沒有什麼比「死亡」更錯誤、更無意義、更愚蠢的。「愛的意義」也是錯的。

六月十二日

我得戰勝我自己的內在，我想戰勝我自己。否則就唯有死了。

死神每天都睡在我的枕頭旁。每天對我都是一個死的機會。

我得戰勝我自己的內在，走去我想去的山巔。

神啊，讓我遠離那些傷害著我的生命的東西吧，否則我會被殺死。

我只要取走人們身上之於我是美好的就好。一個人身上並非都是美好的。

心裡還是很激動，平靜不下來。怨恨還是像火藥庫一樣，使我無法平靜。

相信自己一次，無論如何你都可以做到，你自己可以到你要去的地方，你可以過你想要過的生活方式，你可以自己完成你想完成的自己。

我根本不想回台灣，我要自己強起來，我喜歡我在Paris的這份生活，我喜歡在Paris受訓練成為世界一流的藝術家，我喜歡在Paris過一份真正理想的生活方式。

巴黎的文學思想、美術、音樂、戲劇、電影、大自然，及整個歐洲的旅遊環境，這些都是訓練我成為世界一流藝術家的最佳環境。

我必須成為世界一流的藝術家，我有這種天賦和命運，我感

覺到愈來愈靠近那個位置，我想目前只有安部公房的水準是我最想達到的，西方則是Angelopoulos是最終我想達到的藝術水準。希望我三十歲寫出《馬徹羅瓦解記》時可以達到安部公房的水準。

直道向前而行吧，把你身上的現實負擔都卸下，不會再有任何個人、家庭或國族的現實命運妨礙到我成為世界一流藝術家的命運，或拖緩到我向前進的速度與時間。重要的是我內心有材料、有想像力、有熱情可以創造，而我又可以駕馭得了這些將它們製作為作品。而現實裡的任何命運對我一點都不重要的，除了藝術世界裡的東西，現實裡的東西太輕微、太渺小、太微不足道。

之於其他人的經歷、才能及性格，我只要將這些統攝進我的藝術即可……。

尼采說把人生看成一審美對象吧。

徹底在心裡離開那些傷害我生命的東西吧，那些東西分分秒秒都在傷害著我的生命啊……。我怎麼能說我可以擁抱這些東西而不殺死自己呢？一切最暴力的我都已經歷過，如果我再不讓自己離開那些東西，更暴力的還會再發生。這是一定的。

如果沒有不愚蠢，也不會有真正的善良，因為愚蠢會使人不斷地為惡。

愛，起碼是要去愛不愚蠢且真正善良的人吧？否則愛根本無法成立。

待在Paris，起碼有我喜歡的正直的人：老師、Derrida、姑媽、E、Carole、再加上大頭等幾位耿直的好朋友，這些人都會使我活得快樂一點的。我可以愛他們的。

無論如何，不顧一切先完成小說《蒙馬特遺書》，再談別的事。

H說基督教的「寬恕」正是指不去傷害他人、受下他人的傷害，但是清清楚楚地知道那是錯的，且毫無畏懼地述出那是錯的。是的，那是錯的——

我之所以這麼激動，是因為我被人性中的罪惡及醜陋重重地傷害了，而我又是日日夜夜清楚地正視著這種人性繼續在那兒繁衍著。我沒有辦法免於自身的死亡正是因為如此！

我的愛絕不能建立在自己的空虛、孤獨及軟弱之上，連疾病及死亡都不行。愛尤其量只是一種美麗的給予，愛最終是一件禮物。切記啊！

作為一個藝術家，如果不能突破自己原本人性、氣質、人格上的限制，也不會成為一個有氣魄的藝術家。

六月十三日

神啊，怎樣才會有救贖呢？神啊，救救我們這些愚蠢的靈魂吧，神啊，救救我們這些愚蠢的靈魂吧！

叫我們內心發光和輕輕唱出美麗的音樂吧，這是我唯一所想的。

叫血腥、殘暴和殺戮都從我心中流出金光閃閃的瑪瑙、珍珠與萬丈的光芒吧！只有這些才是我要的真善美。

第一流的人是再去享受生命中的美麗及歡樂，無論多少災難都再去享受生命中的美麗及歡樂吧！世界上不會有比Beethoven更苦難且更美麗的靈魂了。

神啊，我能強過我內心的地獄，我能強過我的命運，我能強過我的靈魂嗎？

神啊，救救我。

勇敢起來吧，你一向都很勇敢的，這一次你要更勇敢上好幾倍，比起從前的勇敢，比起從前的勇氣。

如今，唯有S的人格典型可以救贖我。我想變成跟他一模一樣的人格典型，想在他面前大哭。只有他的人格典型可以救贖我。只有他的人格典型可以給予我希望。我喜歡S的人格典型，我喜歡他的人格典型。

我也喜歡E的人格典型。E是那種自由而懂得真實的靈魂，我喜歡E的靈魂，總會有這種人的存在的。看到她就覺得快樂。

B 說看到帕爾曼就掉淚。他說看帕爾曼拿出琴，拖著殘廢的腳步在舞台上時，就掉淚。他說帕爾曼的妻子很愛他，他很幸福……。

神啊，我要站起來，我要站起來，我要站起來。

今天是十三號，我二十號一定要發稿出去──

在她沒有來之前，我會好好地活下去，我要做著我該做的事！

神啊，Perlman的妻子很愛他，他很幸福，Marcel的妻子很愛他，他很幸福……為什麼我這麼不幸呢？或許是我自己愚蠢啊！

神啊，我失敗了。我被別人傷害的部分完全無法癒合，我徹徹底底失敗了。

神啊，救救我！救救我！救救我！救救我！救救我！

暴力的極致就是死亡吧！

神啊──

六月十七日

明天就把最後幾頁小說寫完，然後開始進行抄稿。

三十日以前把稿寄出去，之後就把這些都拋到腦後，過著一種與這些都沒有關係的輕鬆生活。每天晚上十一點睡早上七點起床，工作、玩樂、看電視的輕鬆生活。

先專心把小說的事完成再去管學校的事。我根本不可能同時管兩件事，第一件事做完了，就很不得了了，也算是四年來交出一點成績。

X 如果打電話來說簽證辦好，機票買好了，就夠了。謝謝她，還是不要讓她來吧。我恐懼她獨自搭飛機，她來一趟 Paris 背後所背負的社會成本令我吃不消，未來都要加在我頭上的壓力太龐大。現在想起來就吃不消。答應她不會再打電話給她，不會再騷擾她的生活，不會再連絡她，給她我的消息。無論發生什麼事，我會自己照顧自己。更重要的是怕她來我會克制不住自己又傷害她。

如果她真的準備好要來看我，就算她已付出一小筆贖金，而全部和解吧。我時好時壞，昨天前天，破壞性和攻擊性強到我幾乎無法克制住它們，而陷入瘋狂狀態，唯一的辦法是我讓自己遠離她，才能不再使她被這種瘋狂傷害到。瘋狂是我自己的事，我不能再繼續這樣與她相關下去。我想我還是會時好時壞下去，我得完全習慣自己照顧自己。但是起碼可以不要再波及她，這就是我此刻所想清楚的。不要再波及她了。

不要害怕，溫暖起自己的心吧！

六月十八日

你一定可以的。

工作，去愛人們，工作，去愛人們。你一定可以去……

……自己所想的全部。

Bravo！

六月十九日

如果我把恨的東西排除了，我就痊癒了。

給我一個支點，我要戰勝我自己。

給我一個支點，我把恨都排出去。

六月二十二日

文學叢書176

邱妙津日記【下冊】

作　　者	邱妙津
總 編 輯	初安民
特約編輯	陳佳琦
責任編輯	賴香吟
美術編輯	賴香吟
視覺構成	李盈慧
校　　對	陳佳琦　正　賴香吟

發 行 人	張書銘
出　　版	INK印刻文學生活雜誌出版股份有限公司
	新北市中和區建一路249號8樓
	電話：02-22281626
	傳真：02-22281598
	e-mail：ink.book@msa.hinet.net
網　　址	舒讀網 http://www.inksudu.com.tw

法律顧問	巨鼎博達法律事務所
	施竣中律師
總 經 銷	成陽出版股份有限公司
	電話：03-3589000（代表號）傳真：03-3556521
郵政劃撥	19785090 印刻文學生活雜誌出版股份有限公司
印　　刷	海王印刷事業股份有限公司

港澳總經銷	泛華發行代理有限公司
地　　址	香港新界將軍澳工業邨駿昌街7號2樓
電　　話	852-27982220
傳　　真	852-27965471
網　　址	www.gccd.com.hk

出版日期	2007年12月　初版
	2024年1月12日　初版十一刷
ISBN	978-986-6873-50-8（平裝）
	978-986-6873-51-5（精裝）

定　　價	（上下兩冊‧不分售）平裝 599 元　精裝 750 元

國家圖書館出版品預行編目資料

邱妙津日記 ／ 邱妙津著.
--初版--新北市中和區：INK印刻文學，
2007〔民96〕冊；公分.--（文學叢書：176）

ISBN 978-986-6873-50-8（全套：平裝）
978-986-6873-51-5（全套：精裝）

855　　　　　　　　　　　　96002718